青い月の下、君と二度目のさよならを

いぬじゅん

STARTS
スターツ出版株式会社

青空にうっすらと、真昼の月が浮かんでいる。
夜の輝きがウソみたいに、消えそうなほどの弱い光を抱いている。
あの日、青空と同じ色で輝く青い月をふたりで見たよね。
『青い光のなかで手を握り合えば、永遠のしあわせがふたりに訪れる』
それは私たちが信じた、青い月の伝説。
けれど、私はあの日、君の手を握ることができなかった。
もう一度、青色の月を見つけられたなら、なにかが変わる気がしている。
だから今日も、願いをこめて私は空を眺める。

目次

青い月の下、君と二度目のさよならを

第一章　青空と青い月

昔から空を見るのが好きだった。

晴れた日の青い空、雲をたくさん抱えたねずみ色の空、雨の日の薄暗い空さえも好き。天気や季節によって姿を変える空は、世界の美しさを私に教えてくれる。

教室の窓側の席につくと同時に、空に目を向けた。

黄砂《こうさ》の影響で少しかすんだ空の遠くに、折れそうなほどに細い月がうっすらと浮かんでいる。

青空に溶けてしまいそうなほど、白く光る真昼の月。ううん、まだ始業式が終わったばかりの時間だから〝午前の月〟と呼ぶべきか。

太陽は沈むのを忘れないのに、月は昼間も残っていることがある。場違いなことを知っているから、ひっそりと目立たないように光っているのかもしれない。

「実月《みつき》、また空を見てんの？」

教壇のほうから七瀬《ななせ》梨央奈《りおな》が歩いてきた。艶《つや》のある長い髪を揺らしながら、前の席にうしろ向きでドスンと座った。

「見てないよ」

「呪文にかけられたみたいにボーッと見てたよ。空野《そらの》実月って名前にピッタリだね」

クスクス笑う梨央奈に、ぶうと頬をふくらましてみせる。

「桜を見てただけだもん。空はついでに、って感じ」

校門の両脇に生えている、二本の桜の木を指さした。

梨央奈は「あー」と納得したようにうなずき、サラリと髪をかきあげた。

「今年の桜は優秀だね。まさか始業式の日まで咲いてるとは予想外だったわ。まさに、春って感じ」

クラスメイトの男子がひとり、梨央奈にチラッと視線を送ったのがわかった。

同性の私から見ても、梨央奈はすごくキレイ。スクールメイクはバッチリでカラコンまで入れているし。

「今日はやけに気合い入ってるね。いつも以上にキレイだよ」

イヤミじゃなく、素直にそう言った。

「始業式だから気合い入れないと。実月も二年生になったんだから、ちゃんとメイクしたほうがいいって」

「私はいいよ。ニキビ、再発させたくないし」

「ニキビがあったのは半年前まで。今はぜんぜんないじゃん」

去年、梨央奈にメイクのやり方を教えてもらったことがあるけれど、下地やファンデの塗り方を聞いた段階でくじけた。あまりにも手順が多過ぎる。

ただでさえ、いつも遅刻ギリギリの私。毎朝時間をかけてメイクするなんて不可能だ。カラコンだって、あんなプラスチックの塊《かたまり》を目に入れるなんて怖過ぎる。

「そもそもメイクは校則で禁止されてるでしょ」

ツッコミを入れると、梨央奈は「うげ」と顔をゆがめてみせた。

「日焼け止め入りの下地にクリアマスカラ、保湿用のリップしかしてないんだよ。こんなのメイクとは言えないし」

それだって立派なメイクだと思うんだけど。

半数以上の女子が、なにかしらのスクールメイクをしている。私は日焼け止めさえ、よほど晴れた日にしかつけていない。

「でもさ」と、梨央奈がほほ笑んだ。

「やっぱりこの高校を選んで正解だったよ。校則が厳しくないし、専門学科はクラス替えもない上に国家資格まで取れちゃうんだから」

私たちの通う高校には普通科と専門学科がある。私は専門学科の福祉科《ふくしか》に属していて、もうひとつある専門学科はスポーツ科。スポーツ科の卒業生のなかには、有名なサッカー選手や陸上選手がいるけれど、福祉科にそういう人はいない。

「国家資格の受験資格をもらえるだけでしょ。受験して合格しないと介護福祉士にはなれないんだよ」

訂正しても梨央奈はどこ吹く風。

「『合格率ほぼ100%』ってのがこの高校の売りじゃん。てことで、問題なし」

手鏡で前髪のチェックをはじめている。

私みたいに介護の仕事に就《つ》きたい人だけじゃなく、資格が取れるから、という理由で入学した子も少なくない。

梨央奈の家は不動産会社を経営していて、『七瀬不動産』の看板は小さなこの街で知らない人はいない、というくらいよく見かける。実家は駅前に広大な敷地を有していて、梨央奈と知り合う前から、そこが七瀬不動産の社長宅だということは知っていた。

ひとり娘である梨央奈は、親の反対を押し切ってこの高校に入学した。代わりに『宅建《たっけん》』という資格の勉強をさせられているそうだ。

「あ、いけない。お水入れてこないと」

梨央奈が水筒を手にし、慌てて教室を出て行った。超がつくくらいお金持ちの家に生まれたのに、梨央奈はかなりの節約家。ファストフード店に寄るときもクーポン券を駆使しているし、お弁当も自分で作ってきている。スマホもポイントが貯められるアプリでいっぱいだ。

本人は『浮いたお金をメイクの道具代に回してるだけ』と言っているが、お嬢様っぽくふるまわないところが梨央奈のいいところだ。今日は始業式だけで授業がないので、このあとスーパーの特売に直行するらしい。

ホームルームがはじまるまで、あと五分ある。

トイレに行こうと廊下に出ると、こっち側の空に月は見えなかった。

自転車置き場の向こうに、去年まで使われていた旧校舎が建っている。手前に『立ち入り禁止』の看板が通せんぼしているのが見えた。

去年までは授業中も工事の音がずっとしていた。どんどん建設されていく新校舎を見てはワクワクしたものだ。

二年生になった今日からついに新校舎へ移動することができた。新しい建物のにおい、広い廊下、なんだか自分まで新しく生まれ変わったようないい気分。

トイレに向かっていると、向こうから何人かの男子生徒がじゃれ合いながら歩いてきた。スポーツ科の生徒はいつも紺色のジャージ姿なのですぐにわかる。始業式のあと着替えたようだ。

そのグループから数歩遅れ、だるそうに歩いてくる男子生徒がいる。

――清瀬《きよせ》碧人《あおと》。

碧人もスポーツ科だけど、体育の授業以外は制服をきちんと着ている。昔は寒がりだったのに体質が変わったらしく、時期尚早《しょうそう》の夏服を着ている。

栗色《くりいろ》に染めた髪、意志を感じさせる鋭角の眉をやわらかい瞳が中和している。身長は昔に比べるとずいぶん伸びたけれど、スポーツ科ではまんなかくらいだそうだ。

長年テニスに命を懸《か》けている碧人の肌は、季節を問わずはちみつ色に焼けている。細身の体は制服越しでも筋肉質なことがわかる。

いわゆる〝イケメン〟に属する碧人は、去年誰かに告白されたそうだ。聞いたときは驚いたけれど、その場で断ったと聞いてホッとした。

同じマンションに住んでいるのもあり、小学生のころからクラスは違ってもいつも一緒にいた。会えばくだらない話で盛りあがり、からかい合ってばかり。つき合っているんじゃないか、という疑惑も笑い飛ばせるほど、私たちは完璧な〝幼なじみ〟だった。

だけど……今は違う。

高校での私たちは、お互いを幽霊《ゆうれい》のように扱う。存在に気づいても立ち止まってはいけない、話しかけてもいけない。

無関心を装い、会釈や目線を交わすことなく、私たちはすれ違う。

やっぱり今日も、私を一度も見てくれなかった。もう慣れたつもりなのに、やっぱり胸がチクリと痛くなる。

碧人は変わってしまった。去年の夏休み中から急に無口になり、話しかけると嫌な顔をするようになった。

『学校では話しかけないでほしい』

そう言われたときは、さすがにショックだったな……。

向こうから梨央奈が水筒を手に駆けてくるのが見えた。

「チャージ完了。って、トイレ?」

「そのつもりだったけどやめとく。そろそろ先生が来ちゃうし」

梨央奈が「それそれ」と不満げに言った。

「今日からチャイムが廃止になったんだよね。時間を見て行動しなくちゃいけないなんて最悪」

新校舎は住宅地に近いため、騒音対策としてチャイムを鳴らさないことになった。代わりに廊下には、デジタル時計がいくつか設置されていて、授業の五分前になると文字が赤色に変わるそうだ。

梨央奈の横に並ぶと、碧人がいちばん奥の教室に入るのが見えた。

「これも時代の流れってやつだよね」

姿が見えなくなってから取りつくろうようにそう言った。

「ていうか、旧校舎のチャイムを鳴らしてくれればいいのにさ」

ブスっとしてもキレイな梨央奈は、長いまつげの瞳を旧校舎に向けている。

「もう電気が止められてるんじゃない?」

「それもそうか。ま、チャイムが鳴らなくても、冷暖房完備になったことのほうがよっぽどうれしいけどね」

前も古いエアコンはあったけれど、よほどの寒暖でない限りはつけてもらえなかった。新校舎は常に一定の温度を保つようにコントロールされているそうだ。

教室に入る前にもう一度旧校舎を見た。

何十年もの間、たくさんの生徒が過ごした場所がその役目を終え、ひっそりとたたずんでいる。

なんだか、かわいそうに思えた。

梨央奈と校門の前にあるバス停で別れた。

私の住んでいるマンションは駅と逆方向にあり、ここから歩いて十分ちょっとの距離。『ツインタワー』という愛称で知られていて、東棟と西棟に分かれている。昔はこの街でいちばん背の高いマンションだったそうだけれど、今では旧校舎と同じく古い建物という印象。

この高校には地元からの生徒も多く通っているけれど、専門学科であるうちのクラスメイトは電車通学をしている子が多く、バスを使って駅へ向かう子がほとんど。帰り道に同じ制服の生徒を見かけても、たいていが普通科の生徒ばかりだ。

小さな交差点の赤信号で足を止める。住宅地と同じくらい畑や田んぼが広がっていて、まさに田舎の風景という感じ。

海へと続く川沿いの道に等間隔で並ぶ桜の木は、見事な花を咲かせている。

「不思議だよな」

すぐうしろで声がして、思わず息を呑《の》んだ。ふり返るといつの間にか碧人が立っていた。

「びっくりした。急に声かけないでよ」

うれしいのに、いつもそっけない返事をしてしまう。

「そっちが勝手に驚いただけだろ。うしろにずっといたのにさ」

澄ました顔で碧人が隣に並ぶから驚いてしまう。

「え、一緒に帰るってこと？」

「話をしないのは、学校限定の約束だろ？」

約束じゃなく、あれは決定事項のような言い方だった。

学校で話さないようになってからも、棟は違えど同じマンションに住んでいるので、会えば変わらずに話をしてきた。

風の形を教えるように、碧人のやわらかい髪が揺れている。その向こうに見えるなんでもない景色さえ美しく瞳に映る。

――嫌だな。

ずっと碧人と話がしたい、ってそればっかり考えている。

なのに、こうして会うと逃げ出したくなってしまうのは、自分の気持ちがバレてしまいそうで怖いから。

同じマンションに住むただの幼なじみ。そういう人は何人かいたけれど、碧人とは特に気が合った。男女の性別を越えた仲だと思っていたし、彼も同じだったと思う。

けれど、中学二年生の夏休み、私は自分の気持ちに気づいてしまった。

会うたびに想いが大きくなり、会えない日にはもっと大きくなった。去年、『学校では話しかけないでほしい』と言われてからは、手に負えないほどにまで想いがふくれあがっている。

碧人があんなことを言ってけん制したのは、私の気持ちに気づいたからかも……。

動揺を悟られないように、「で？」と首をかしげてみせた。

「なにが不思議なの？」

「俺、そんなこと言ったっけ？」

きょとんと目を丸める碧人に、思わず笑ってしまう。

「ほんと、碧人って忘れっぽいよね。『不思議だよな』って話しかけてきたでしょ」

「あ、そっか」

思い出したらしく、碧人が私に視線を合わせた。

「桜の花って不思議だな、って。絵で描くとピンク色だけど、実際に見ると白色にしか見えない」

「そんなこと考えてたわけ？　ほんと、碧人ってヘンだよね」

本当は『好き』だって伝えたい。でも、そうしたら二度と話してくれなくなる。

「どうせ俺はヘンだよ」

歩行者信号が青に変わった。横断歩道に進む碧人に数歩遅れてついていく。

……怒ったのかな？

「でも、河津桜《かわづざくら》とかはピンク色だよね？」

斜めうしろからフォローの言葉をかけた。

恋をしていることに気づいてから、私は私じゃなくなった。

気持ちがバレてしまわないように冷たく接したあと、嫌われたんじゃないかと不安になることのくり返し。

「河津桜はテレビで見たことがある。たしかにピンク色だった。まあ、この辺じゃ見かけないけど」

碧人がほほ笑んでくれたから、それだけでうれしくなる。

横断歩道を渡り切ったところで、碧人が急に足を止めた。

空を見渡した彼が、なにかを見つけてうれしそうに笑った。つられて目を向けると、今朝よりも薄くなった月が浮かんでいた。

「やっぱり月が出てる」

「月？　あ、ほんとだ」

初めて気づいたかのようにうなずいてみせた。

「でも、青い月じゃないんだよな」

残念そうに碧人がつぶやいた。

青い月。そう、私も空を見るたびに青色の月を探しているけれど、中学二年生のとき以来、見つけられていない。

碧人が「なあ」と顔を向けてきた。

「『青い月の伝説』、覚えてる？」

忘れるわけないよ。私が碧人を意識した最初の瞬間のことを。


中学二年生の夏休み、マンションの敷地内の草むしりがおこなわれた。朝なのにうだるような暑さで、セミがさわがしく鳴いていた。

ふと空を見あげると、半円の月がクッキリ浮かんでいた。昼間の月が珍しかったわけじゃない。その月が、青空と同じくらい青い色に染まっていたのだ。

一緒にいた友だちにも伝えたけれど、碧人以外の子は興味を持ってくれなかった。

ふたりとも当時はスマホを持っていなかったので、私の部屋にあるパソコンを使い調べた。

けれど、いくら検索しても望む答えは見つからなかった。

青い月は『ブルームーン』と呼ばれ、ひと月に二回満月になる状態を指す言葉。実際に青く見えるわけじゃない、と記してあったし、そもそも私たちが見たのは、半月だった。

月が青く見える現象を呼ぶ名でもあるようだけど、火山の噴火や隕石《いんせき》の落下の際に生まれるホコリやチリの影響によって起こるらしく、極めて稀《まれ》な事象だとも記してあった。

さらに調べを進めていき、『青い月の伝説』というタイトルの絵本があることを知った私たちは、図書館へ直行した。

てっきり絵本コーナーにあるかと思ったけれど、その本が置かれていたのは『民俗学』と書かれた棚だった。難しいタイトルの専門書がぎゅうぎゅうに詰まっている一角で、『青い月の伝説』の絵本を見つけた。

油絵みたいなタッチで描かれた月の表紙。碧人はその本に書かれてある文章に興奮していた。

『あの青い月は、俺たちを伝説へ導いてるんだよ！』

図書館の人に叱られても大声ではしゃぐ碧人。銀河のようにキラキラ輝く瞳を見た瞬間、言いようのない胸の高鳴りを覚えた。

ただの友だちじゃない。私はずっと碧人のことが好きだったんだ……。

考えるよりも先に、その想いが体にするんと入りこんできた感覚。

その日はじまった片想いは、今もまだ続いている。

碧人と話せるとうれしい。しかも、『青い月の伝説』の話をしてくれている。

だけど、私はわざと首をかしげてみせる。

「えっと……なんだっけ？　青色の月が、とかいうやつ？」

「なんだよ、忘れたのかよ。実月のほうこそ忘れっぽいよな」

「碧人ほどじゃないし」

「あの本に書いてたのは、青色の月が輝く日、黒猫がふたりを――」

そこで碧人は、急に口をつぐんでしまった。しばらく時間が止まったかのように動きを止めたあと、

「まあ……昔のことだしな」

声のトーンを落とした。

「あ、うん」

続きを覚えているよ。

『黒猫がふたりを使者のもとへと導く。青い光のなかで手を握り合えば、永遠のしあわせがふたりに訪れる』

頭のなかでつぶやいているうちに、碧人は歩きだす。

本当は碧人に気持ちを伝えたい。だけど、告白することはできない。

歩幅を大きくし、もう一度隣に並んだ。

「新校舎、いいよね。新しい建物のにおいがするし」

「クラスのヤツらは、そんなことよりも早くグラウンドをもとの広さに戻してほしいみたい」

新校舎の建設にあたり、ふたつあったグラウンドのひとつが閉鎖された。夏休み期間中に旧校舎を取り壊し、大きなグラウンドを作る計画とのこと。

「スポーツ科の人はそう思うよね。私なんか、今でも広いと思っちゃうし」

「実月は運動が苦手だもんな」

目じりを下げて笑うから、胸がまたドキッと跳ねてしまう。

マンションのエントランスをくぐると、そこでさようなら。私は東棟のエレベーターへ、碧人は西棟へ。

そこでふと気づいた。

「そういえば今日って部活ないの？」

「ないない」

軽い口調で同じ言葉をくり返すのは、碧人がウソをつくときのクセ。自分でも気づいたのだろう、碧人はバツが悪そうな顔になる。

「まあ……ちょっと休んでるんだよ」

「え？　ひょっとして夏のケガが原因で？」

去年の夏、碧人は右足をひどく痛めた。それ以来、半分マネージャーみたいなことをしていると聞いている。

「それもあるけど、どうせ秋には引退だし。テニス、もういいかなって」

「ひょっとして……退部するってこと？」

「そういうこと。ほかにやりたいこともできたしさ」

「やりたいことって？」

スポーツ科の生徒は運動部に入ることが前提だったはず。

碧人が「ふ」と声にして笑ったかと思うと、私の顔を覗《のぞ》きこんだ。

「そんな顔すんなよ。俺にもいろいろあるってこと」

「……うん」

知らないことが増えていく。前ならいちばんに相談してくれていたのに、近ごろはあとになって知ることばかり。

「でもさ、これのおかげでいい成績は残せたと思う」

制服のパンツの左足をめくる碧人。足首に、赤色と青色、黄色に彩られたミサンガがつけてある。

「まだつけてたんだ？」

うれしいクセに、なんでこんなことを言ってしまうのだろう。

高校に入学したときにあげたミサンガは、恋に気づいた日から何度も作っていた。プレゼントしてしまったら、この気持ちがバレてしまうんじゃないか。ひとつ完成するたびに悩んで、机の引き出しにしまうことのくり返し。

高校の入学祝いだと、碧人がくれた缶ジュースのお礼にミサンガをプレゼントした。雄《お》たけびをあげてよろこぶ姿を今でも覚えている。

「これが切れたら願いごとが叶《かな》うからな」

ホクホクとした笑みを浮かべる碧人に、胸がキュっと苦しくなった。好きになるほどに、しあわせな気持ちよりもこっちの感情のほうが多くなっている。

「全国大会に出る、っていう願いごとだったよね？」

「前まではそうだったけど、ケガしてから変更した。今の願いごとは内緒、ってことで」

「へぇ」

興味がないフリで答えた。

西棟のエレベーターに乗りこんだ碧人が手をふったので、私も返した。

ドアが閉まると同時に、もう碧人に会いたくなった。


家にいる時間はあっという間に過ぎる。家事の合間に雑誌を眺めたりスマホをいじくったりしているうちにもう七時だ。

久しぶりに机の引き出しを開けると、お店に並べられるくらいの数のミサンガがあった。ミサンガの色には意味があるみたいだけど、私は碧人の好きな色を選んだ。

赤色と青色、黄色の刺しゅう糸で作ったミサンガは、長さもデザインもバラバラ。いちばんうまくできたと思えたものをプレゼントした。

まだつけてくれていることがうれしくて、そのぶん、冷たい反応をしたことが悔やまれる。

「しょうがないよね……」

ベランダに出ると、まだ冷たい四月の風がほてった頬を冷やしてくれた。

七階にあるここからは、空が大きく見える。手すりに手を置いて夜の空を眺めれば、月がその存在をやっと主張している。

昼間は薄く、夜間は銀色の光をふらせる月。月はまるで私のよう。学校では想いを隠し、ひとりになってから碧人のことばかり考える私にそっくり。

同じように碧人も月に似ている。冷たさとやさしさを持ち合わせる碧人は、現れたり消えたりする真昼の月のよう。

部活、休んでるって言ってたよね……。

足を痛めて以来、練習はできても試合には出られなくなったと聞いている。

ケガのせいでスポーツ科から普通科へ変更した生徒もいるそうだ。

碧人もそうなるのかな……。

サラサラと光をふらせている月は、はるか彼方の空に浮かんでいる。決して近づくことができない距離に、またさみしくなった。

碧人を好きな気持ちを消してしまいたい。そうすれば、昔みたいに冗談を言い合えるのに。

青い月について深追いしなければ、碧人への気持ちにも気づかないままだったかもしれない。

『青色の月が輝く日、黒猫がふたりを使者のもとへと導く。青い光のなかで手を握り合えば、永遠のしあわせがふたりに訪れる』

なぜあの日、伝説に登場する恋人たちと自分たちを重ねてしまったのだろう。

あの絵本の物語は、結ばれない運命を変えようと、恋人同士が月の神様に願いをこめるというもの。私と碧人はただの幼なじみ。そもそもの関係性が違っている。

あきらめよう。あきらめなくちゃ。あきらめろ。

これまで何度も、何百回も言い聞かせてきた。だけど、無理だった。

「ああ、もう……」

モヤモヤする感情を見たくなくて、リビングに戻る。そろそろお母さんが帰宅する時間だ。

夕食の準備はたいてい私がしている。簡単なものしか作れないけれど、以前に比べたら少しは腕もあがっているだろう。

カギを開ける音がした数秒後、

「ただいま！」

と元気よくお母さんがリビングに飛びこんできた。

「お帰り。お疲れさま」

ちょうど炊飯器がピーと鳴って炊きあがりを知らせた。十分ほど蒸らしたら完成だ。

一秒でも早くスーツから解き放たれようと、お母さんが上着を脱ぎながら自分の部屋へ向かった。

「もう聞いてよ。今日のお客さん、すごく大変だったの。『どうしても今日契約したい』って言うから調整したのに、行ったら留守なんだもん。電話したら『急な用事でムリになった』、ですって。なのに、『夕方にまた来て』って言われたのよ」

開けっぱなしのドアからいつもの報告をはじめている。

味噌汁《みそしる》の入った鍋に火をかけながら、食器を準備する。

「ね、聞いてる？」

トレーナーに着替えたお母さんが戻って来た。

「聞いてるよ。大変なお客さんだったんでしょ？」

「そうなのよ」

と、テーブルに座るお母さん。小柄なせいもあり四十五歳にしては若く見える。

私が五歳のときに、お父さんは病気で亡くなってしまった。悲しかった記憶はあるけれど、ふたりでいる時間のほうが長くなり、今ではもともとふたり暮らしだった気さえしている。

入っていた団信《だんしん》保険のおかげでマンションのローンも免除されたそうだ。お母さんは独身時代に勤務していた保険会社に戻り、今では営業部の課長にまで昇進している。

冷蔵庫から缶ビールを取り出して渡すと、お母さんは待ちきれない様子で一気に飲んだ。

「ああ、おいしい！」

感情のこもった声をあげている。

今日は時間があったので、豚の角煮を作った。あとは高野豆腐と味噌汁、昨夜の残りのきんぴらごぼう。

食材はネットスーパーでお母さんに買ってもらい、二日に一度宅配ボックスに届くようになっている。たまに足りないものがあるときは、学校の帰りにスーパーに寄るようにしている。

席につき食べはじめると、ここからがお母さんの愚痴《ぐち》大会の本格的なはじまり。

今日はさっきのお客さんのこと、来週から販売される保険商品が複雑極まりないこと、上司にイヤミを言われたことなど。

お腹にたまった一日のモヤモヤを吐き出したあと、お母さんはやっと呪いが解けたかのように穏やかな顔で「で」と首をかしげた。

「実月のほうはどうだったの？　新しい校舎は快適？」

「想像以上に快適。クーラーもついてるし、廊下も広いし。でも、チャイムは鳴らさないんだって。冗談かと思ってたら本当だった」

「遅刻しないように早く登校しなくちゃね。やっぱりお母さんが家を出るときに起こそうか？」

これまでも幾度《いくど》となく提案されてきたことだ。出勤時間の早いお母さんに合わせるのは勘弁、と断ってきた。でも、夏には本格的に介護の実習もはじまるし……。

「一度でも遅刻しそうになったらお願いするね」

「じゃあ、きっとすぐのことね」

ひょいと角煮を口に放りこむお母さん。

その予想は当たるだろう。朝が極端に弱いせいで、これまで何度も遅刻しかけている。

小学生まではマンションのロビーに集合し集団登校をしていた。当時から私は遅れがちで、毎朝のように碧人が部屋まで迎えに来てくれた。メンバーはどんどん減っていったけれど、碧人だけは根気よく部屋のチャイムを連打してくれた。

あのころがいちばん楽しかったな……。当時はそのことに気づかなかったし、気づいたからってなにも変わらなかっただろう。

碧人が『学校で話しかけないでほしい』と言った理由は、『クラスのヤツらに勘違いされるから』だった。

話せなくなることよりも、そう思われたくない間柄だということがもっと悲しかった。

「どうしたの、ぼんやりして」

お母さんの声にハッと我に返り、慌ててお茶を飲んでごまかした。でも鋭いお母さんにウソをつくのは不可能だということを私は知っている。

「昔みたいにみんなで登校できればいいな、って。ほら、昔はみんなで集団登校してたじゃん」

「みんな高校も違うし、出発時間もバラバラなんだから無理でしょ」

「碧人は同じ高校だし」

同じ高校を目指したのは偶然じゃない。碧人が推薦入試で合格したと知り、介護の資格を取りたかったこともあり、同じ高校を受験することにした。私の合格を知った碧人は、まるで自分のことのようによろこんでくれて——。

「いけない！」

思い出の上映は、お母さんの声に遮断された。

「小野田《おのだ》さんに保険の資料を持ってきて、って頼まれていたのに届けるの忘れてたわ！」

小野田さんはこのマンションの管理人さんだ。年齢は六十四歳。私が生まれたときから管理人をしていて、物心がついたときから『美代子《みよこ》さん』と下の名前で呼んでいた。

若くしてご主人を亡くしてから、ずっとこの仕事をしているそうだ。

「とっくに仕事が終わって家に帰ってるんじゃない？」

美代子さんの勤務は夕方までだから、そもそも間に合わなかっただろう。長男夫婦と同居しているらしく、『孫の世話まで押しつけられて大変なのよ』と、言葉とは裏腹にうれしそうに話していた。

「明日になったら忘れちゃうから、今のうちに管理人用のポストに入れてくるわ」

嵐のように駆けていくお母さんを見送ってからため息。

ひとりになると、すぐに碧人のことを考えてしまう。

今ごろ碧人はなにをしているんだろう。

私のことを少しでも考えてくれているとうれしいな……。


「納得できないんですけど」

今日だけで梨央奈は五回もこのセリフをくり返している。

「うん」

「そりゃあ、入学式はおめでたいよ。あたしたちにもついに後輩ができたわけだしさ」

「うん」

「でも去年の入学式のとき、在校生は休みだったじゃん」

「そうだっけ？」

言われてみると、入学式のときは一年生だけしかいなかったような気もする。

校門に桜吹雪がふりそそぐなか、写真を撮るための長い列ができているのが窓越しに見える。

「なんで今年から半日授業になったわけ？　絶対にガハ子が張り切って決めたんだよ」

「芳賀《はが》先生、って呼びなよ。それに、芳賀先生が悪いわけじゃないでしょ。新しい校舎を見学してもらうついでに授業の様子も見てもらうため、って校長先生が言ってたじゃん」

うちのクラスにも何組かの新一年生と保護者が見学に来ていた。

担任の芳賀先生はいつもの黒ジャージ姿ではなくスーツ姿で、梨央奈の言うようにかなり張り切っていた。

一方、さすがに今日はマズいと考えたのだろう。梨央奈は髪をひとつに結んでいるし、メイクもいつもに比べて薄めだ。

「半日で帰れるんだからいいんじゃない？」

慰めの言葉に、梨央奈は眉間のシワを深くした。

「今日が何曜日か知ってる？　火曜日だよ、火曜日。『火曜日恒例・得々セール』に朝から行けるチャンスだったのに」

「今からでも行けばいいでしょ」

「ちょっと」と、梨央奈はムッとした顔を近づけてきた。

「『火曜日恒例・得々セール』は限定品が多いの。今日は、おひとり様一パック限りではございますが玉子がなんと八十円！　生鮮食品コーナーからは、こちらもおひとり様一パック限り、まぐろの切り落としが二百円！」

興奮し過ぎてスーパーのアナウンスみたいになっている。

「わかったって」

「こんな時間から行っても、限定品は絶対に残ってないんだから。実月だって夕飯作ってるんならそれくらい知っておかないと」

怒りの矛先《ほこさき》を向けられてはかなわない。両手を挙げて降参のポーズを取ると、やっと落ち着いたらしく肩の力を抜いてくれた。

「あたしだって別にケチじゃないんだよ。あんまり言えないんだけど、不動産業って昔ほどうまくいかないみたいで、けっこうヤバいんだって」

「え、そうなんだ？」

「銀行への借金も多いみたいだし、『そのうち自宅を売らなくちゃいけないかも』って、ママは口ぐせみたいに言ってる」

ぜんぜん知らなかった。だから、家計の節約に協力してたんだ。

「それに、夕飯はあたしの担当だから」

「浮いたお金でメイク道具買うんだもんね」

「そういうこと。おこづかいだけじゃ足りないし」

日直の三井《みつい》くんが教室に戻って来た。食べることが大好きでよく笑う彼は、クラスのムードメーカー的存在。二年生になり、制服のサイズをまたひとつ大きくしたそうだ。名前は英滋《えいじ》なのに仲のいい生徒からは『ひでじい』と呼ばれている。

もうひとりの日直は小早川《こばやかわ》さん。壇上に立つ三井くんと違い、小早川さんは自分の席に座りうつむいてしまった。

小早川さんは黒髪のボブカットで、同じ長さの前髪で表情を隠しているような子。いつも本を読んでいて、私もほとんどしゃべったことがない。

「ひでじい、ガハ子、帰っていいって言ってた？」

男子のひとりが尋ねると、三井くんはニッと笑った。

「校門の混雑が落ち着いたら帰っていいってさ。僕の見解ではすでに落ち着いてるように見える。つまり、もう帰っていいってことだね」

おお、とクラスが沸《わ》き、

「先に行くね」

と、ダッシュで梨央奈が教室を出て行く。ゾロゾロと帰っていくクラスメイトを見送ってから、校門に目を向ける。

どう見てもまだ混雑しているけれど、ほかのクラスも同じことを言われたのだろう、ちらほらと在校生の姿も見えた。

そういえば、今日も真昼の月が浮かんでいるのかな……。

視線を上に向けると、斜め上に青い月が浮かんでいた。

「え……青い月？」

一瞬目を疑ってしまった。昨日よりも少し厚みを増した月が、薄青色で光っている。

空の色よりも少しだけ濃い青い色。

「ウソ……」

昔、碧人と一緒に見た月にそっくりだ。

ふと視線を感じた。小早川さんと目が合った次の瞬間、サッと前髪で顔を隠すようにうつむいてしまった。

そんなことより、青い月が出ていることを碧人に伝えなくちゃ……！

通学バッグを手に慌てて教室を飛び出した。廊下にあふれる人をすり抜け、いちばん奥にあるスポーツ科の教室へ向かう。

教室が近づくにつれ、だんだんと足のスピードが落ちていき、最後は立ち止まってしまった。

そうだった……。学校では話をしない約束だった。

たとえ青い月の話をしても、碧人は迷惑そうな顔をするのだろう。

あの月が放つ光のように、私の気持ちもいつかにじみ出てしまう。だったら碧人の言うように、話をしないほうがいい。

ため息をつきながらスポーツ科の教室の前を通り過ぎた。横目で確認したけれど、教室には数名の生徒が残っているだけで碧人の姿はなかった。

突き当たりの階段をおり、遠回りをして昇降口へ。靴を履き替えて外に出てから空を見あげたけれど、太陽がまぶしくて月がどこにあるのかわからない。

校舎をぐるりと半周すると、自転車置き場の向こうに旧校舎が現れた。新校舎ができてからは常に日陰になってしまっている。

「ああ……」

青空よりも少し薄い青色の月が旧校舎の真上に浮かんでいる。

あの日、私は碧人への気持ちに気づいた。マンションのホールで別れるまで、碧人と手をつなぎたい欲求と戦った。そんな勇気は出なかったし、今もそれは同じ。

くるくると同じ場所を回っているおもちゃみたい。だったら早く『恋』という電池がなくなって止まってしまえばいい。その一方で消えないで、と願う自分もいる。

なんて恋はややこしいのだろう。好きになっていくのと比例して、どんどん碧人のことがわからなくなっている。今では、自分がどうしたいのかさえもわからない。やっと青い月を見つけられたのに、碧人に伝えることもできないなんて……。

そのときだった。なにか違和感ある音が耳に届いた。

──キーンコーンカーン。

信じられない。旧校舎からチャイムの音がする。まるで風でかき消されそうなほど小さな音だけど、たしかに聞こえる……！

やがてチャイムが鳴り終わり、余韻《よいん》さえも消えた。心臓がありえないほどドキドキしているのがわかる。

月の青色がさっきよりもさらに濃くなったように見えるけれど、これは……夢なの？

真上で光る青い月が、今にも落ちてきそうなほど大きく見える。

「そうだ……」

写真を撮っておこう。あとで碧人に写真だけでも見せたい。

スマホを取り出していると、視界のはしっこになにかが見えた。

顔をあげると、『立ち入り禁止』の看板の前に黒猫がちょこんと座っていた。

え……なんでこんな場所に黒猫が？

騎士のように胸を張っている黒猫は、きっとオスだろう。凛々《りり》しい顔つきにスリムな体、胸元だけ白色の毛が高貴さを醸《かも》し出している。

「青色の月が輝く日、黒猫がふたりを使者のもとへと導く。青い光のなかで手を握り合えば、永遠のしあわせがふたりに訪れる……」

伝説の内容を無意識につぶやいていた。

「まさか、あの伝説に書いてあった黒猫……？」

黒猫は、まるで『そうだよ』と応えるように、ゆっくりとまばたきをした。

が、次の瞬間、くるりと向きを変え旧校舎のほうへ歩きだしてしまった。

「待って！」

思わず看板の脇をすり抜け追いかけていた。黒猫は、一定の速度を保ちながら旧校舎の建物沿いを優雅な足取りで進んでいく。

裏手に回ると、忘れ去られた桜の木が花吹雪をふらせていて、あまりの美しさに立ち止まってしまった。

はらはらと舞う桜の花の向こうに、旧校舎の裏口の扉がある。

木の下を通り過ぎた黒猫は、一度だけ私をふり返ってから裏口の扉に消えた。よく見ると、扉が開きっぱなしになっている。

工事業者の人がいるかも、と考えたけれど、今日は入学式だしさすがにいないだろう。

薄暗い廊下のまんなかに黒猫はいた。私を待ちくたびれたかのように、大きなあくびをしている。

……どうしよう。

伝説の内容で覚えているのはあの文章だけ。細かい内容は覚えていない。導かれるままに来てしまったけれど、このままついていっていいものなの？

黒猫は優雅に階段をのぼっていく。三月までは私もあの階段をのぼり、四階にある教室へ通っていた。

ひとつ深呼吸をしてから靴を脱いで廊下に足を踏み入れた。足裏にひんやりとした感触を感じながら、外から見えない位置に靴を移動させる。

階段を一段ずつあがっていくと、懐かしいにおいがした。にぎやかな生徒の声や先生の声はもうここにはないけれど、壁に廊下に空気に、思い出が染みついている。

黒猫は三階の踊り場につくと、少し先にある『三―三』と書かれた教室に消えた。うしろのドアが開いている。

不思議だ。昼間なのに月の光が廊下を浸している。それも銀色ではなく青い光が。青い世界に太陽の光がきらめいていて、まるで海のなかにいるみたい。

おそるおそる教室のなかを覗きこんだ。

ひょっとしたら碧人がいたりして……。

わずかな期待は、すぐに打ち消された。

教室のうしろにある窓にもたれるように、ひとりの男子生徒が立っていた。うつむいているので顔は見えないけれど、普通科に知り合いはいない。

怖い人だったらどうしよう……。

急に怖くなり、足がすくんでしまう。彼が気づく前に逃げなくちゃ。

踵《きびす》を返そうと足に力を入れたのがまずかった。床で滑りそうになり、近くにある椅子にとっさにつかまってしまった。その音に気づいた男子生徒がゆっくりと顔をあげた。

糸のように細い髪がサラリと揺れ、人懐っこそうな瞳が見えた。筋のとおった鼻と、真顔なのにもともと笑っているかのようにあがった口角。

彼は私に気づくと、白い歯を見せて笑った。

「こんにちは」

顔の印象と同じで、やわらかい声だった。

「こ……こんにちは」

かすれる声でなんとか挨拶をすると、彼は教壇へ目を向けた。教壇の上にさっきの黒猫がちょこんと座っている。

「連れてきてくれてありがとう」

うれしそうにそう言うが、黒猫は無視して毛づくろいをはじめている。

「今日は入学式だってね。君は、新入生？」

「いえ……二年生になりました」

「そう」

うなずいた男子生徒が、右手を喉《のど》のあたりに当てた。

「久しぶりに人と話をするから、うまく声が出ない」

「そんなこと……ないです」

私のほうが緊張で言葉が滑《なめ》らかに出てこない。不思議と逃げ出したい気持ちはもう起こらなかった。

「去年までこのクラスだった遠山陸《とおやまりく》です。今は一応、三年生」

上級生だとわかり急に緊張してきた。

「わ、私は、二年一組です。空野実月です」

自己紹介をしていないことに気づいて慌てて頭を下げると、「へぇ」と感心したような声が聞こえた。

「一組ってことは福祉科だよね？　僕はスポーツ科で推薦受けたけどダメでさ、一般で普通科になんとか入ることができたんだ。結局、部活はしてないけどね」

くだけた話し方になる遠山さんに、「そうですか」とゴニョゴニョと答えた。

笑みを浮かべたまま、彼は青い光をすくうように手のひらを眺めた。

「青い月が出ているね」

「あの、遠山さん」

「陸、でいいよ。僕の苗字、『遠山の金さん』と同じで好きじゃないんだ。昔は『金さん』ってあだ名で呼ばれてね――」

「陸さん」

話の途中で遮《さえぎ》ってしまったのは、陸さんもこの青い月が見えていると知ったから。

「……陸さん、『青い月の伝説』のことを知っていますか?」

思わず半歩前に出てしまった。私を見て、陸さんは大きくうなずいた。

「知ってるよ。だから君を呼んでもらったんだ」

「え……」

それってどういうこと? 青い月の光のなかで手をつなぐ恋人が私ってこと?

きょとんとする私に、陸さんはおかしそうに笑いだした。

「君が伝説にある『ふたり』という意味じゃないよ。実月さんに頼みたいことがあるから、彼に呼んできてもらったんだ」

必死に毛づくろいをしている黒猫を見て、陸さんは言った。

「……頼みたいこと？」

「元カノに会いたくって」

「元カノ……」

話の意図が見えず、くり返すことしかできない。

「三年一組の立花涼音《たちばなすずね》を連れてきてほしいんだ。今日でなくていいから、また青い月が出ることがあったらお願いできる？」

反射的に「はい」とうなずいてから慌てて首を横にふった。こんな大切な要件をすぐに引き受けるわけにはいかない。

「あの……私が陸さんの元彼女さんをここに呼んでくる、ということですか？」

「そうだよ。そのときは君も一緒に来て、僕の言葉を彼女に伝えてほしい」

「私も、ですか？」

「僕は涼音と話ができないかもしれないから」

——碧人と同じだ。

学校では話をしない。伝えたいことがあっても伝えられない。モヤっとした気持ちがお腹に生まれた。

「失礼ですが……ご自身で伝えたほうがいいと思います」

「ああ、そうだね」

陸さんが小さく笑うのを見て、モヤモヤがさらに大きくなる。

「どうして自分で伝えないんですか？　大切なことは自分で伝えたほうがいいと思うんです」

大切じゃないことも伝えたい。伝えてほしい。でも、私だって碧人になにも伝えられていない。

ああ、そっか……。やっぱり碧人は私の気持ちを知ってしまったんだね。だから学校では露骨に避けるんだ。学校以外の場所でも本当は話したくないのかもしれない。

「わかってるよ。でも、できないんだ」

その声に、思考を中断させた。

まだほほ笑んでいる陸さんの表情に、悲しみの感情が存在している気がした。

教室全体をゆっくりと見渡したあと、陸さんは私に視線を戻した。

「僕も自分で伝えたかった。でも、僕の姿は彼女にはきっと見えない」

「……え？」

それってどういうこと？　戸惑う私を見て、陸さんは納得したように深くうなずいた。

「そこから説明しないとダメだったね。ごめん」

さみしげにそう言うと、彼は私の目をまっすぐに見つめた。

「君は伝説でいうところの『使者』なんだよ」

「使者……」

まさか、と思わず笑いそうになった。

陸さんはひとつうなずいてから言った。

「そして、僕はもう死んでいる」

「え？」

「俗に言う、幽霊ってヤツなんだよ」

穏やかな顔のまま、陸さんはそう言った。

第二章　君のためにできること

昼休みの教室に、かろやかなクラシック音楽が流れている。

生徒による放送は来週からはじまるらしく、今日は音源を流しているようだ。バイオリンの音が眠気を誘い、あくびがポロポロとこぼれてしまう。

「遅刻したのにまだ眠いわけ？」

梨央奈が呆《あき》れ顔で、玉子焼きを口に運ぶ。

「遅刻じゃないもん。先生に見つからなかったからギリギリセーフ」

お弁当のフタを開けてみるけれど、食欲がまるで湧かない。昨日の夜からずっとそうで、さらに寝不足。ぜんぶ、陸さんのせいだ。

「あのね、さっきの話の続きだけど――」

言いかけるのと同時に、梨央奈が「ストップ！」と制した。

「その話はやめて。幽霊とかゾンビとか、あたし信じてないから。実月も、『特売』とか『セール』みたいに現実的なものを信じなくちゃ」

今朝から何度も話そうとしてるのに、梨央奈はまるで聞いてくれない。

お母さんもそうだ。最初は真面目に聞いてくれていたけれど、途中からはニヤニヤして、『そういう夢を見たのね』と取り合ってくれなかった。

当然、私だって陸さんが幽霊だなんて信じていない。上級生にからかわれたことが悔しくて、愚痴りたいだけなのに。

ブスっと下唇を尖《とが》らせていると、十秒くらい経ってから梨央奈がわざとらしくため息をついた。

「じゃあ、話を聞く代わりに推理してあげる」

「推理？」

「こう見えてあたし、推理ドラマが大好きなんだ。それも名探偵が出てくるやつ」

梨央奈は生えてもいないヒゲを触るかのように、ツンと尖ったあごをひとなでした。

「だいたいの内容はわかったけど、最初の謎は青い月だね。昼に月が出てることはあるけど、青色の月なんて見たことがない。写真も撮ってないんでしょ？」

グッと言葉に詰まる。撮影する前に黒猫が現れてしまったので、撮り損ねてしまった。

「でも、伝説に書いてあった内容と同じことが起きたんだよ」

「どういう伝説なの？」

周りの男子生徒はよくわからない話で盛りあがっているけれど、ふたつ隣の席の小早川さんはじっとうつむいている。

聞こえないように梨央奈の耳に口を寄せた。

「あのね、『青色の月が輝く日、黒猫がふたりを使者のもとへと導く。青い光のなかで手を握り合えば、永遠のしあわせがふたりに訪れる』っていう伝説なの」

ある。

「中二のときに図書館で。外国の絵本みたいな感じでね、碧人も一緒に読んだんだよ」

一年生の一学期まで廊下で碧人とよくしゃべっていた。梨央奈にも紹介したことが

「昔、本で読んだって言ってたっけ?」

奇妙な沈黙が訪れた。見ると、梨央奈は両腕を組んで考えるポーズを取っている。

「伝説には幽霊なんて出てこないじゃん。しかも、実月は主役じゃなくて『使者』なんでしょ?」

「でも、あの伝説のことを知ってる人はこれまで碧人以外いなかったんだよ。それに、自分のことを幽霊だなんて冗談でも普通、言う? なんだか怖くなっちゃって……」

梨央奈は片目だけ開き、私を観察するように見てきた。

「だから逃げて帰ってきた、と?」

「……そう」

まさかの幽霊発言に怖くなり、気づけば逃げ出してしまった。

「簡単だよ」と、梨央奈が人差し指を立てた。

「その伝説が頭のなかにあり過ぎて錯覚したんだよ。黒猫はただの偶然で、その陸って男子生徒は実月をからかっただけ。これで謎はすべて解けた」

すっかり解決した気になっているけれど、私はたしかに青い月を見た。黒猫だって

私を案内するように先導していたし、どうしてもあの伝説に重ね合わせてしまうよ。

それでも、陸さんが幽霊だったなんて信じられるはずもなく……。

「やっぱり、からかわれたのかな」

「幽霊が頼みごとをしてくるなんて本に書いてなかったんでしょ？　まさか、幽霊を信じてるなんて言わないでよね」

「信じてない。でも……」

いくら偶然で片づけようとしたって、あの青い月については説明できない。

「しょうがない。実月が納得するような解決をしてあげる。タダじゃないよ。購買でジュースをおごること。いい？」

「うん」

解決してくれるならジュースくらい何本でも買う。

「交渉成立。じゃあ、行こう」

「え、どこに？」

席を立ち歩きだす梨央奈についていった。教室を出た梨央奈が、迷うことなく階段をおりていく。

「ひょっとして立花涼音さんに会うの？」

歩きながら梨央奈は視線だけ私に向けた。

「いきなり元カノに会いに行くのはちょっとね。陸って人も三年生になったんだよね？　クラスは変わったかもしれないけど、とりあえず三年三組に行って陸さんを探してみよう。『そういう冗談笑えないんだけど』って言ってやるんだから」

鼻息荒く梨央奈は言った。

三組の教室の前まで来たとき、うしろの戸からひとりの男子生徒が出てきて梨央奈にぶつかりそうになった。

「うわ！　びっくりした」

驚く男子生徒に梨央奈は、

「すみません。遠山さんってこのクラスにいますか？」

と、いきなり尋ねた。

「は？」

眉をひそめた男子生徒は大柄で、運動部に所属しているのだろう、碧人よりも肌が黒く焼けている。短めの髪に鋭い目つきの持ち主で、同じクラスだったとしても私は話しかけづらいタイプ。

「遠山って生徒はたぶんいないと思うけど、一応聞いてみるわ。下の名前はなんて言うの？」

「梨央奈です。あ、違う。遠山さんの下の名前ですよね。……なんだっけ？」

さっきまで話してたのに、梨央奈は忘れてしまったみたい。

不機嫌そうに顔をしかめる男子生徒が「んだよ」とボヤいた。

「名前も知らねえのに会いに来たわけ？」

なんだか不機嫌そうだ。勇気をふり絞って一歩前に出た。

「すみません。遠山陸さんという方です。去年まで二年三組で──」

男子生徒のこめかみがピクッと動いたかと思うと、

「おい！」

と急に顔を近づけてきた。突然の出来事に思わずあとずさる。

「なんでその名前を知ってんだよ」

ドスの利いた低い声に、足がすくんでしまう。ヘビににらまれたカエルみたいに一歩も動けないし返事もできない。

周りの生徒が興味津々なことに気づいたのか、男子生徒は私たちを廊下のはしっこへ移動させた。

窓に背をつけた男子生徒は、なにか考えるように拳を口に当てている。数秒の沈黙のあと、彼は言った。

「近藤《こんどう》海弥《かいや》」

さっきよりも少しだけやわらかい声になっている。

「俺の名前、近藤海弥。陸とは中学からの友だち」

「じゃあ、陸さんをご存じなんですね？」

海弥さんは、わずかにうなずいた。

やっぱり陸さんは存在しているんだ。

「近藤と遠山、陸と海弥。なんだか似ている名前ですね」

ふむふむと梨央奈はうなずいている。

「最初は名前がきっかけで仲良くなったから」

ぶっきらぼうに言うと、「で」と海弥さんは私たちをにらんだ。

「陸になんの用？」

「何組にいるのか教えてほしいんです」

梨央奈がかわいらしい声で首をかしげるけれど、海弥さんには通用しないらしく、さらに仏頂面《ぶっちょうづら》になってしまう。

「なんで教えないといけないわけ？　ていうか、お前らなんなの？」

「この子が、昨日陸さんに会ってお願いをされたんです」

グイと私を手で押す梨央奈。海弥さんの冷たい視線が私に向く。

「あの……そうなんです。私……空野実月と申します」

「陸がお前にお願いをした？　どこで？」

「旧校舎の二年三組のきょうし――」

「ふざけてんのかよ！」

これは……かなりまずい状況だ。ひょっとしたら陸さんと海弥さんは昔と違って仲が悪いのかもしれない。

よりによってそんな人に聞いてしまうなんて。

ポンと梨央奈がひとつ手を打った。

「そういえば、チャイム鳴らないんだった。そろそろ戻らなきゃ先生が来ちゃう。どうもありがとうございました」

「ありがとうございました」

ゴニョゴニョとつぶやき頭を下げ、もう歩きだしている梨央奈に追いつく。

怖かった。やっぱり上級生って苦手だ。しばらくこの階には近づかないようにしよう。

「あのさ」

と、海弥さんが呼び止めた。

「よくわかんねえけど、そいつ、偽物《ニセモノ》だから」

「え？」

視線が合う。その瞳は怒りと悲しみと動揺が混在しているように見えた。

「遠山陸は去年まで二年三組だったよ。でも、もう違う」

ふいに悪い予感が足元から這《は》いあがってきた。なにか、違う。なにかが、おかしい。

海弥さんが深いため息をついた。

「一年前……二年生の始業式の日。君らの入学式の前の日だ。俺と陸は二年三組になってさ、また同じクラスになれたことをよろこんでいた」

悔しげな表情で海弥さんは続けた。

「あいつは部活してなかったから始業式が終わったら帰っていった。そのとき、事故に遭ったんだよ」

「あ……」

知ってる。たしか入学式のときに新聞記者の人が来ていた。信号無視をした車に撥《は》ねられたうちの生徒がいるって耳にした……。

「陸はその事故で亡くなった。だから、お前……空野さんの前に現れるはずがない」

そう言うと、海弥さんはスマホを取り出した。しばらく操作してから、私に画面を見せてきた。

「これが陸の写真。そいつが幽霊でもない限り、別人だろ？」

そこには昨日会った陸さんがにこやかな笑顔で映っていた。

「絶対にイヤ！」

さっきから梨央奈はかたくなに拒んでいる。

夕暮れの時刻になっても、春の空にはまだ青色が広がっている。雲が多いせいか、そろそろ顔を出していいはずの月はまだ姿を見せていない。

「だってまだ事件は解決してないよ。お願い、ジュースおごるから」

「事件なんてどうでもいい。『青い月の伝説』とかもどうでもいいの。あたし、幽霊とか信じてないんだって。あたしの常識を壊さないで！」

手をふりほどこうと必死な梨央奈。ここで逃げられてしまったら、ひとりで旧校舎に行かなくてはならない。

「ジュース二本おごるから」

「ムリ！」

「じゃあ、休みの日にランチおごるから」

ふいに逃れようとする力が消えた。ランチに心が動かされたみたいだ。梨央奈は渋々という表情になった。

「あの写真だけど……たしかに陸さんの顔だったんでしょう？」

「うん」

どう見ても旧校舎で会った陸さんで間違いない。

「海弥って人がウソをついてないなら、陸さんは幽霊ってことになるんだよね？」

「そうなるね」

自分でも信じられないままうなずく。まさか本当に幽霊だったなんて……。

「もう、しょうがないなあ……」

あきらめてくれたのだろう、梨央奈が肩で息をついたのでホッとして握っていた手を離した。

と、同時に梨央奈はダッシュで駆けていく。

「ごめん、やっぱりムリ！」

「梨央奈!?」

ひどい。一緒に行ってくれると思ったのに、逃れるための作戦だったんだ。

見あげると空は濃い紫色に変わりつつある。東の空、雲の切れ間にやっと顔を出した月は、銀色に光っている。

陸さんには、青色の月が輝く日じゃないと会えないのだろう。誰に言われたわけでもないのにわかるのは、やっぱり私が使者だから？

とりあえず今日は帰ろう。

歩き出そうとするそばで、誰かの視線を感じてふり向いた。

「よお」

ガラス戸にもたれて碧人が立っていた。

「え、碧人？　いつから――」

言葉に急ブレーキをかけた。学校にいるときは話しかけてはいけないルールだ。

でも、碧人は「さっきから」と普通に答える。

「もめてる人がいるな、って思ったらまさかの実月だった。盗み聞きしたわけじゃなくて、ひどいようなら止めないと、って」

「ああ、うん。ちょっとね……」

碧人が歩きだしたので、少し遅れてついていく。碧人のクラスメイトに見られるかもしれないし。

碧人は歩幅を緩め、私の横に並んだ。

「実月の友だち、なんて名前だっけ？」

「梨央奈だよ。去年、何回か話したことあるじゃん」

「顔は覚えてるんだけどな」

首をひねる碧人。どうして校内なのに話してくれるのだろう？

「気になることがあるんだけどさ、実月の友だち、『青い月の伝説』って言ってなかった？」

碧人がそう尋ねてきた。

「……うん。昨日、青い月を見たの」

「え!?」

校門の前で碧人が足を止めた。

「昨日、青い月が出てたのか？　ぜんぜん知らなかった」

「出たって言っても、前に見たほど青くはなかったの。それでね、黒猫も見たし……」

「マジかよ……。じゃあ、誰かと手をつなげたってこと？」

そんなわけないじゃん。私に恋人がいないことを知ってるくせに。

ムッとする感情をなんとか抑えた。

「詳しく話したいけど、少しややこしくて……」

「えー、俺も行きたかった」

「連絡したかったけど、碧人、スマホないし」

去年の夏のケガ以降、碧人はスマホを解約してしまった。

「先輩とかからの慰めのメッセージが嫌だったんだよ。ああ、こんなことになるなら解約するんじゃなかった」

悔しそうに言ったあと、碧人が顔を近づけてきた。

「ちゃんと聞かせて。ていうか、なんでも話してほしい」

下校する生徒がいるのにもかかわらず、碧人が興奮したように言ってくる。

自分の興味があることなら、約束を破れるんだね。一度抑えたはずのムカムカがお腹のなかで沸々《ふつふつ》と温度を上げている。

碧人より先に校門を出たのは、『学校のなかでは話さない』という約束を守りたかったから。私なりの小さな正義だ。

マンションに着くまでの間、昨日から今日までのことを話した。碧人はなにか考えこむような顔で、最後まで黙って聞いてくれた。

街に本格的に夜がおりてきている。空は秒ごとに光を失くし、マンションまで続く街灯は、まるで空港の滑走路《かっそうろ》のよう。

もうすぐマンションのエントランスというところで、碧人が足を止めた。

「やっぱり伝説は本当のことだったんだ。ていうか、実月も前は『忘れた』なんて言ってたけど、ちゃんと覚えてたんだな」

「……あとで思い出しただけ」

「それでも覚えててくれたのがうれしい。あの日のこと、俺は一生――いや、死んでも忘れないだろうし」

「大げさだよ」

荒ぶる気持ちが少しずつ穏やかになっていく。私の大切な思い出を、碧人はそれ以上に大事にしてくれていたんだ。

あのとき、すぐに家に戻って碧人を呼んでくるべきだった。今さら反省しても遅いけれど。

「土日に行こう」

碧人が街灯の下で白い歯を見せて笑った。

「え？」

「もし土日の間に、青い月が出たら一緒に旧校舎に行こう」

碧人は自分の提案に自分でうなずいている。

「でも、土日はテニス部の練習があるでしょ」

「ないない」

また、ウソだ。少し浮上した気持ちが、音もなく沈んでいくのを感じた。

「ちゃんと部活に行かないと、スポーツ科にいられなくなるんじゃないの？」

「もう退部届、提出したから」

あっさりとそんなことを言う碧人が信じられない。まさか本当に退部するなんて思っていなかった。

「本当に辞めちゃったの？　ひょっとして、ケガの後遺症がひどいの？」

「いや、ぜんぜん。前も言ったけど、ほかにやりたいことができたんだよ」

私が碧人のことを考える時間、彼はもうほかのことに目を向けている。

私の知らない世界へ羽ばたいていく。私のことなんて、偶然に会ったときに思い出すだけ。

ねえ、もし青い月を見たのが私じゃなく、碧人だけだったとしたらどうしたの？　私を呼んでくれたの？

「意味がわからない」

思わず本音が出てしまった。首をかしげる碧人に、抑えていた気持ちが爆発するように喉元にせりあがってくる。

「碧人はなんにも話してくれない。それなのに、私にはなんでも話せって言う。意味がわからないよ」

「ひょっとして、怒ってる？」

心外そうに碧人が眉をひそめ、それがさらに怒りを増長させる。

「『青い月の伝説』のことよりも、部活とか学科のほうが大事でしょ。なのに、相談もしてくれない、学校では話もできないじゃん」

碧人の顔を見たくなくて、強引に背を向けた。

「自分が興味あるときだけ話しかけてこないで」

この言葉をあとで死ぬほど後悔するだろう。何回も、何百回も、何千回も。

わかっていても、早くひとりになりたい。この場からいなくなりたい。

碧人を置いて走りだしても、うしろから声は聞こえなかった。

エントランスに飛びこむと、向こうから美代子さんが私を見つけて手をあげた。仕事帰りなのだろう、バッグを手にしている。

「実月ちゃんお帰りなさい。ちょうどよかった。お母さんに、パンフレットありがとうって伝えておいてくれる？」

「わかりました」

「それでね、パンフレットに書いてあったことなんだけど——」

まだ話したそうな美代子さんに「すみません」と言ってエレベーターのボタンを押した。

「ちょっと急用で……失礼します」

頭を下げてからエレベーターに乗りこんだ。

美代子さんはにこやかに帰っていく。ドアが閉まる前に、碧人がホールに飛びこんできたけれど、見なかったことにした。

エレベーターの浮遊感のなか、涙がやっとこぼれた。

悲しくなるとき、思い出すのは去年の二学期に言われた言葉。目を閉じても、あの日の出来事が勝手に再生されていく。

＊＊＊

去年の二学期が始まる少し前、私の心のなかは碧人でいっぱいだった。

夏休み中にテニスの練習で足を痛めたということは知っていた。心配する私に『話す気分じゃないから連絡しないで』と碧人はそっけなく言った。

最初はムカついていたけれど、やっぱり好きな人のことは心配してしまう。夏休みの後半は、ずっと碧人のことばかり考えて過ごした。

やっと二学期の始業式を迎え、私はスポーツ科の教室に向かった。

どんな話をしよう。それよりケガは大丈夫なのかな。

話したいことがたくさんあって、聞きたいこともたくさん。なによりも碧人の顔を見て安心したかった。

けれど、碧人は私を見るなり嫌な顔をした。あまりに驚いてしまい、話せないままその日は帰った。

何日経っても碧人は変わらなかった。LINEをしても既読無視、電話をかけても出ないし、ついにはスマホを解約したのか、『この番号は使われておりません』という案内の音声が流れた。

やっと学校で見かけても、わざととしか思えないくらいの露骨さで気づかないフリをされた。

そんな日が続いた一週間後の放課後、私は誰もいない教室にひとり残っていた。

碧人の部活が終わるのを待って、きちんと話をしようと思ったから。

秋になり、夕暮れが早い。真っ赤な夕焼けが広がっているせいで、まだ月は見えない。毎日のように空ばかり見てしまうのは、また碧人と青い月を見たいから。

もしそのときに、手をつなぐことができたのなら……。

ううん、それはムリだ。私たちは恋人同士じゃないし、避けられている現状、碧人は手をつないではくれないだろう。

恋はなんてせつないのだろう。碧人のちょっとした言葉や態度によろこんだり傷ついたり。この気持ちに気づかなければよかった。

碧人のそばにいたくて、同じ高校に入ったのにな……。

「実月」

いつの間にか、碧人が教室の前の戸に立っていた。

「……部活、もう終わったの？」

「今日は休んだ」

久しぶりに話ができたのに、碧人は浮かない顔をしている。

「そうだったんだ。あの、ね……ケガは大丈夫？」

「ああ」

「痛くはないの？」

「ああ」

そっけない態度にくじけてしまいそう。

でも、ここで黙ってしまったらなにも解決できないまま帰ることになる。

ちゃんと話そう。なにか怒らせてしまったのなら謝ろう。

椅子を引いて立ちあがろうとしたとき、彼は言った。

「悪いんだけど、学校では話しかけないでほしい」

と。

「え……？　あの、ごめん。なにか怒らせたのなら――」

「そうじゃないよ。実月はなんにも悪くない」

夕焼けが碧人の顔をオレンジ色に染めている。混乱してしまい、中腰のまま動けない私に、碧人が近づいてきた。思ったよりも穏やかな表情にホッとした。

「男女で仲がいいってだけでからかわれることがあってさ。うちのクラスのヤツら、しつこいんだよ」

「……そうなんだ」

「実月が一組だってこともバレたし、迷惑かけたくなくてさ」

長いつき合いだからわかることがある。碧人はウソの理由を並べている。

ひょっとして、碧人に好きな子ができたのかもしれない。その人に勘違いされたくなくてそう言ってるのかも。

「学校の外ではいつもどおり話そう。とにかく、クラスのヤツに勘違いされたくないんだ。だから、いい？」

「あ、うん」

うなずいたのは、そうするしかなかったから。

碧人はうれしそうにほほ笑んでいた。

どんなに私が傷ついているのかも知らないで。

＊＊＊

目が覚めると同時に、ベッドから起きあがっていた。

とたんに襲われる頭痛に、小さな悲鳴が漏れた。頬に流れているのは涙じゃなく、汗だった。

なんだ、夢だったんだ……。

時計を見ると夜中の二時を過ぎたところ。キッチンに行き、冷たい水を飲むと少しだけ頭痛がマシになった。

「ああ……」

あんな夢を見たのは、夕方の出来事のせいだ。ずっと我慢してきたのに、ついに爆発してしまった。

『自分が興味あるときだけ話しかけてこないで』

去年の仕返しみたいに言ってしまった言葉を、予想どおり後悔している。

リビングのカーテンを開けると月が私を見ていた。また少しふくらんだ月は、明日には『上弦の月』と呼ばれる半月になるだろう。

土日に青い月が出ても、連絡する勇気なんてない。それくらいひどいことを言ってしまったのだから。

青い月を見たあの日に戻れたなら、なにかが変わるのかな。図書館に一緒に行かなければ、この気持ちに気づくこともなかったかも。ミサンガだって作ることもなかった。

こんなに苦しいなら、好きになりたくなかったよ……。

まるで高速で走る列車に乗っているみたい。景色を眺める余裕もなく、碧人のことばかり考えている。

どんなに悲しくても、途中下車することもできず、終着駅に着く様子もない。

碧人のことを考えてばかりいる自分が嫌い。碧人は私のことを一秒だって考えてくれていないのに。

──ぜんぶ、私のせいだ。

恋なんかしてしまったから、碧人は遠ざかってしまったんだ。

スマホのゲームみたいに、この恋心をアンインストールしたい。そうすれば、ただの幼なじみに戻れるのに。

だけど、碧人を想えば心が温かくなることもある。帰り道に話をするだけで景色が美しく見えることも。

この気持ちを消したくない自分もいるわけで……。

「ああ、もう」

やつ当たり気味に、のんきに浮かぶ月をにらみつける。

……そうだ、陸さんのことだ。

陸さんは去年の春に事故で亡くなってしまった。彼は三年一組の立花涼音さんを『元カノ』と言っていたけれど、恋人同士のまま亡くなったのかもしれない。自分が消えてしまったから、あえて『元カノ』と呼んでいるのかも。

伝えたいことを伝えられないまま、あの場所にとどまっているのなら、なんてせつないのだろう。

そこでやっと気づいた。

あの伝説に書いてあった『ふたり』は陸さんと涼音さんのことだ。

彼の思い残したことを解消するために、私が黒猫に使者として導かれた……？

まだ確信は持てない。あまりにも非現実過ぎて、壮大などっきり企画に巻きこまれているような気がする。

一度会いに行ってみようかな。陸さんが想いを残した人に。


人は慣れる生き物らしく、チャイムが鳴らない学校生活にもみんな順応している。

お互いに『そろそろ座る？』と声をかけ合ったり、授業中に先生が熱弁していても、『あと一分です』と日直が時間を告げたりするようになった。

昼休みの始まりと同時に席を立ち、二階に向かった。梨央奈に話すと怖がるだろうし、ひとりで行く覚悟はできていた。

私が青い月に選ばれた使者なら、やれることはやろう、と。

三年一組の教室は、私の教室の真下に位置する。

二階におりて涼音さんのいる教室に向かうと、廊下の窓側に立っている人に気づいた。

——海弥さんだ。

腕を組み、まるで門番のように立ちふさがっている。教室のほうを見ていた海弥さんの表情が、私に気づくと同時に怒りの顔に変わった。

これは……まずい。

「またお前か」

苛立《いらだ》ちを声ににじませて近づいてくる。

「まさか、涼音に会いに来たのか？」

「あ……すみません」

たまたま通りかかったというのはムリがある。

「実はそうなんです。陸さんが伝えたいことがある、って……」

正直に答えると、さらに海弥さんは眉の角度を大きくした。

「ふざけんなよ。涼音に幽霊の話をするつもりなのか。陸が亡くなって、まだ一年しか経ってないんだぞ」

「あ……」

そのときになってやっとわかった。私がしようとしていることは、生きている人にとってはつらいこと。

『亡くなった陸さんの霊を見た』なんて言われたら、誰だって困惑するだろう。それだけじゃない。悲しみや怒りを覚えるに決まっている。恋人だった人ならなおさらだ。

「人の死を遊び道具にして、涼音がどんな気持ちになるのか考えたことあるのか？」

考えていなかった。ただ、使命を果たすことばかり考えてしまっていた。

「ごめんなさい」

「謝って済む問題かよ。だいたいお前は——」

怒りを露《あら》わにした海弥さんが、今度は驚いた顔に変わった。

その表情がぐにゃりと曲がったかと思った瞬間、私の頬に涙がこぼれていた。

「え……マジで？」

「ごめんなさい。あの、すみません」

頭を下げると、廊下にも涙が落ちた。

私、なにやってるんだろう。突然押しかけてきて勝手に泣くなんて、海弥さんが怒るのも当然だ。

こんなんだから、碧人にだって嫌われるんだ……。

「悪かった。泣かせるつもりはなかった」

動揺したように視線をさまよわせる海弥さん。

「ごめんなさい。私が悪いんです」

かっこ悪過ぎて消えてしまいたくなる。廊下を歩く生徒の興味深げな視線を感じながら、必死で涙を拭った。

「あのさ」とさっきよりやわらかい声で海弥さんが言った。

「俺と陸と涼音は中学んときからの仲でさ、あいつらはつき合っててさ……」

「はい」

「だから俺よりも涼音のほうがつらいんだよ。よくわかんねぇ話で会わせるわけにはいかない」

そうだろうな、と思う。自分が情けなくてたまらない。

「わかりました」

教室に戻ろうと、もう一度頭を下げたときだった。

「ちょっと海弥！」

教室から出てきた女子生徒が私を体ごと包んだ。

「あんたなにやってんのよ。下級生を泣かせるなんてどういうつもり!?」

「ちが……。こいつが悪いんだよ。だってわけのわかんねえことを――」

「そういうことを言ってるんじゃない。泣かせたことが問題なの」

きっぱりと言うと、その女性が私を覗きこんできた。

「大丈夫？　なにか言われたんだね。口が悪いのよ、こいつ」

肩までの髪に白い肌。ほとんどメイクをしてないのに大きな瞳が目立っている。でも、どこかさみしそうな印象を受けた。

ああ、わかる。きっと彼女が立花涼音さん。陸さんの彼女だ。

「違うんです。私が……私が悪いんです」

「そうだよ」

同意する海弥さんをにらみつけると、女性は私を抱いたまま歩きだす。

「あんたはついてこないで！」

海弥さんをけん制して、踊り場まで来ると女性は「ごめんね」と謝ってくれた。

「いえ……」

目の前に涼音さんと思われる人がいる。

どうしよう……。涙は引っこみ、恐れていたはずの海弥さんに助けを求めたくなる。

海弥さんはさっきの場所から『待て』と言われた犬みたいに、うらめしそうににらんでくる。

「あの、すみません。大丈夫です」

「大丈夫じゃないでしょう？　あいつ、ほんとぶっきらぼうなんだよ。私から注意しておくから、なにがあったか話してくれる？」

涼音さんは親切な人だ。恋人を一年前に亡くして苦しいのに、私にまでやさしくしてくれる。

だからこそ、陸さんの話をするわけにはいかない。

「違うんです。私が泣いていたのを海弥さんが助けてくれたんです」

「……あいつが？　そういうタイプじゃないけど」

いぶかしげに眉をひそめる涼音さんに、大きく首を縦にふってみせた。

「本当にそうなんです。あの、なにがあったか海弥さんには聞かないでください。私の勘違いだったんです」

思いっきり頭を下げてから、逃げるように階段を駆けあがった。

女子トイレで涙を拭ってから廊下へ出ると、向こうから碧人が歩いて来るのがわかった。私に気づき、なにか言いたげに口を開いた。

だけど、今はとても話せない。学校では話せない。こんな気持ちでは――。

顔を伏せ、教室に入る。

逃げてばかりの自分が情けなくて、拭ったはずの涙がまたこみあげてきた。

放課後、いつもとは別のスーパーの特売セールに急ぐ梨央奈を見送り、窓越しの空を眺めていた。

夕焼けが満ちていく空に、青い月が光っている。半月の形に青空を閉じこめたような不思議な月。

五時間目の途中に顔を出したこの月は、私以外の人には見えていない。梨央奈にさりげなく尋ねてみたけれど、『月なんて出てないじゃない』と笑っていた。

泣いたせいでさっきからやけに眠い。頭痛もしていて、本当ならこのまま帰りたい。

でも……陸さんに会いに行かないと。私では役に立てないことを伝えなくちゃ。

席を立ちバッグを手にしたときだった。ふたつ隣の席に居残っていた小早川さんが意を決したように急に立ちあがりこっちに歩いてきた。

「……さん」

すぐそばで小さな声が聞こえる。私を呼んでいるの？

「あ、うん」

小早川さんに話しかけられたことがなかったから戸惑ってしまう。

小柄な小早川さんは、前髪の壁で自分の表情をいつも隠している。想像よりもかわいらしい目が前髪のすき間から見えたけれど、視線が合うと同時にうつむいてしまった。

そして、沈黙。

「あの……なにかあった？」

尋ねても、勇気が出ないのか小早川さんはうつむいたままだ。

どうしよう。早く陸さんに会いに行かないと、せっかくの勇気がしぼんでしまいそう。

「ひとつだけ、いいですか？」

やっと聞こえた声は、想像よりも高くて丸かった。

「あ、うん」

たっぷり時間を空けてから、ようやく小早川さんは口を開いた。

「違っていたらごめんなさい。空野さんって……霊感がありますか？」

「レイカン……？」

「幽霊が視《み》えたりしますか？」

今度は私が黙る番だ。ひょっとしたら梨央奈との会話を聞かれたのかもしれない。

「ううん、そういうのは、ない、よ」

驚きのあまり、おかしな言い方になってしまった。

「……幽霊と話をしたとか、そういうのないんですか？」

「ないない」

碧人と同じく、私もウソをつくときにこの言葉を口にするクセがある。

張りつめていた糸が切れるように、小早川さんはガクンと肩を落とした。

「そうでしたか。失礼しました」

丁寧に頭を下げ、教室から出ていってしまった。

……どうしたんだろう。ひょっとして小早川さんは霊感があるのだろうか。陸さんのことを話せばよかったのに、これ以上いろんな人に迷惑をかけたくなかった。

それよりも、早く旧校舎に向かわないと夜になってしまう。

幽霊でも出たらどうしよう。違う、その幽霊に会いに行くんだ……。

靴を履き替えると、グラウンドから部活動の声が風に乗って聞こえてくる。空はどんどん紅茶色に染まっていく。

急いで旧校舎の裏手へ向かうと、あの黒猫のしっぽが見えた。やっぱり待っていたんだ。

近づくと、黒猫のそばにしゃがんでいる人がいるのがわかった。目を線にしてうれしそうに黒猫の頭をなでているのは――碧人だった。

「え……」

立ち止まった私に気づくと、碧人はバツが悪そうに立ちあがった。

生ぬるい風が私たちの間をすり抜けていく。

「にゃー」

黒猫の声に我に返り、碧人に近づいた。

「なんでここにいるの？」

金曜日のことを謝りたかったのに、責めるような言葉を投げてしまった。

「だって、ほら」

碧人が人差し指で月を指した。

「碧人も見えてるの？」

「すげえ青いよな。中二んときと同じくらい、いやそれ以上かも」

「うん」

同じ月が見えていたことがうれしくて、思わず笑みを浮かべてしまった。

「これから陸ってヤツに会いに行くの？」

「陸さんが会いたがっている涼音さんに会えたの。でも、なにも言えなかった」

それだけで私の気持ちを理解してくれたのか、

「言えないよな。一年しか経ってないし」

碧人はやさしくうなずいてくれた。

「碧人も一緒について来てくれるの？」

「いや、俺は今回呼ばれてないから」

「え？」

「あの本に書いてあったろ。黒猫に導かれた人だけが使者になれる。ほら、見て」

　碧人が校舎に入ろうとすると、さっきまでなついていたはずの黒猫が碧人の前に立ちふさがった。ふくらんだしっぽを立て、碧人を追い払おうと牙《きば》をむいている。

「今回の使者は実月だけってことだろうな。俺もなりたかったけど今回はあきらめる。ここで待ってるよ」

「……わかった。あの……この間はヘンにつっかかってごめんね」

　そう言うと、碧人はホッとしたように表情を緩めた。

「俺のほうこそ。自分から言い出しておいて、あれはないよな。猛烈に反省してたところ」

「うん」

「実月と話したくないわけじゃないんだ。うちのクラスのヤツら、マジでしつこくてさ。実月に迷惑をかけたくなかった」

　私のことを考えて言ってくれてたんだね。前にも説明してくれたのに、あのときは素直に受け入れることができなかった。

　胸にたまっていた重りが取れたみたい。こんなに心が軽くなっている。

「じゃあ、行ってくるね」

「なんかあったら大声で呼んで。引っかかれても駆けつけるから」

「にゃん」

言葉がわかるかのように黒猫が反応した。

旧校舎に入るときにふり向くと、碧人は軽く手をあげていた。上空から彼に、青い光がふりそそいでいた。


陸さんはこの前と同じ教室の同じ場所に立っていた。

水槽のなかにいるような青色は、前回よりも少しだけ濃い色で揺れている。

「作戦は、失敗?」

私が涼音さんを連れてくると期待していたのだろう、さみしそうに笑った。

「すみません。たぶん、涼音さんに会えたと思います。だけど、陸さんのことを言い出せなくって……」

「涼音は元気そうだった?」

「あまり長く話したわけではないのでわからないですが……やさしい人だと思いました」

まるで自分が褒められたみたいに、陸さんはうれしそうに顔をほころばせた。

「やさしいよ。だからこそ、きっと今も苦しんでいると思う」

「海弥さんにもお会いしました」

驚いたように陸さんは目を丸くし、すぐに目を伏せた。

「僕たちはいつも一緒でさ。僕と涼音はつき合っていたけれど、海弥を入れた三人でいることのほうが多いくらいだった」

「だからこそ涼音さんに私を会わせたくないみたいでした」

「あいつには僕のこと話したの？　ああ、なるほど。涼音に話すことを海弥が止めたんだね」

　さすがは親友。言わなくても伝わるのだろう。

　小さくうなずいてから陸さんは鼻でため息をついた。

「海弥は正義感が強いからなあ。いつか話せる機会があったら伝えてほしい。『もっと他人に心を許せ』って」

「はい」

「あとは、『いちばんの親友だ』っていうのもつけ加えてくれる？」

　不思議だ。まるで生きている人としゃべっているみたい。命が消えても、愛する人に会いたくてこの場所にとどまっている。

「あの……陸さんは去年の春、事故で亡くなったんですよね？」

「始業式のあとらしい。自分ではよく覚えていないんだ」

「どうしてこの場所にいるんですか？」

「わからないよ、そんなこと」

かぶせるように早口で陸さんは言ってから、苦しげにうつむいた。

「気づいたらここにいたんだ。自分が幽霊になったことはすぐにわかった。誰からも見えないし、話しかけても気づいてもらえない。この教室で、涼音が泣いているのを見ていることしかできなかった」

それはどんなに苦しい時間だったのだろう。そばにいるのに気づいてもらえないなんて。

「一年間、涼音はずっと悲しみ続けていた。新校舎に移る直前は、笑顔も見られるようになったけど、ふとした瞬間に泣きそうになっていた」

「そうでしたか……」

「三年生になり、校舎が変わってからはひとりぼっちになった。どうやら、僕はここに取り残されたみたい」

静かにそう言ったあと、「でもね」と自分を励ますように陸さんはニッと笑った。

「ここからでも新しい校舎はけっこう見えるんだよ。たまに廊下を歩く涼音が見えた。でも、ここから動くことができなくて……。そんなときに君が現れたんだ」

すがるように陸さんは私に視線を合わせた。こんな悲しい瞳を見たことがない。

涼音さんのことを心配し続けながら、同じ場所にとどまることしかできないなんて……。

「私が使者かどうかはわかりません。だけど、もう少し時間をください。いつか話せる日が来たらここに連れてきますから」

「一年以上も待っているから平気、って言いたいところだけど、夏休み中に旧校舎は取り壊される」

ああ、そうだった。

「旧校舎が取り壊されたら、陸さんも消えるんですか？」

「たぶん。そんな気がしてる」

「じゃあ、それまでに……」

約束をしたいけれど、どうやって涼音さんに伝えればいいのかわからない。

「いいんだよ。涼音の様子を知れただけでうれしいから」

悲しい人ほど人にやさしくなれるものなの？

陸さんの気持ちに応えたいけれど、涼音さんをもっと傷つけそうで――。

ギシッ。

足音にハッと顔をあげると、教室に黒い人影が入ってくるのがわかった。碧人かと思ったけれど、もっと小柄な人影。

窓から差しこむ青い光の手前で、その人影は足を止める。

「ここに、陸がいるの？」

その人――涼音さんが固い声で尋ねた。

「涼音……どうして？」

かすれた声で陸さんが近寄るけれど、見えていないのだろう、涼音さんは私のほうへ顔を向けた。

「あの、どうしてここに？」

代わりに聞くと、涼音さんは困った顔になった。

「実月ちゃん、でいいのかな？　どうしても気になったから、強制的に海弥に白状させたの。そしたら、驚くようなことを言われて……」

「信じてくれたんですか？」

涼音さんはうなずくと、教室のなかをゆっくりと見渡した。

「この教室にいるとき、陸がそばにいてくれている気がしてたの。霊感とかはないから、そう思いたかっただけかもしれない。でも、たしかに感じた」

そう言ったあと、涼音さんが胸に手を当てた。

「今も見えないけれど、陸を感じる。ここにいる気がする」

「います。すぐそこにいます」

陸さんを指さして気づいた。彼はもう泣いていた。

悔しそうにボロボロと涙を流している。

「不思議ね。こんな青い月が出てることにさっきまで気づかなかったの」

そう言われてハッとした。あの本には、青い月の光のなかでふたりが手をつなぐと書いてあったはず。

「涼音さん、青い光のなかに入ってください」

「え？　こう？」

おそるおそる足を踏み入れた涼音さんを、宝石のようにきらめく光が包みこんだ。その瞳が、陸さんの立つほうを見て大きく見開かれた。

「……陸？」

「涼音、久しぶり」

陸さんが手の甲で涙を拭った。

「ウソ……陸が、陸が見える！」

駆け寄る涼音さん。両手を広げ、陸さんが強くその体を抱きしめた。

「涼音っ！」

「会いたかった。会いたかったよ、陸」

青い光がふたりを包みこんでいる。ふたりは確かめるように何度もお互いの名前を呼び合った。

涼音さんが来てくれてよかった。ふたりが会えてよかった……。

こみあげる涙をそのままに、奇跡の再会を瞳に焼きつけた。やっぱり『青い月の伝説』は本当にあったんだ……。

体を離したふたりが、涙を流しながらお互いの顔を触った。

伝説のとおりになるなら、これからふたりは『永遠のしあわせがふたりに訪れる』はず。でもそれって、どういうことなのだろう……。

ふいに部屋を満たす青い光が薄くなった。

陸さんも気づいたのだろう、「涼音」と固い声で言った。

「謝らないといけないことがあるんだ」

「事故のことなら仕方ないよ。だって避けることができなかった――」

「違う」

ふり絞るような声で陸さんは言った。

「俺、ひどいことをした」

「ひどいこと？」

うなずいたあと、陸さんは涼音さんから背を向け、頭をポリポリとかいた。

「実は……涼音以外にもつき合っている人がいた。浮気してたんだよ」

「陸……」

「半年くらいになる。涼音は俺のことを信用してくれてたのに最低だよ。そのことを謝りたくて、ずっとここにいたんだ」

涼音さんはフリーズしたように動かない。

なにを言っているの？　陸さんの言っていることが信じられない。

「陸さん、今言ったことって本当のことですか？」

陸さんは目だけをこっちに向けた。

「うん」

「浮気をしてたんですか？」

「そう」

「そのことを伝えたくて、涼音さんを呼びに行かせたんですか？」

「最後に本当のことを言いたくて――」

「ひどい！」

言葉を遮って叫んでいた。

「浮気してたなんて最低！」

「……わかってるよ」

陸さんはふてくされたようにその場に座ると足を投げ出した。

「わかってない！　残された涼音さんがどんな気持ちになるかわからないの？　なんでそんなひどいことができるの!?」

悔しくて涙があふれる。だけど、こんなのないよ！　いい人だと思っていたぶん、怒りがこみあげてくる。こんな人を助けようとしていたなんて、自分が信じられない。

ふいに私の肩に涼音さんが手を置いた。

「実月ちゃん、私は大丈夫だよ」

涼音さんはスッキリしたような表情で白い歯を見せている。

どうしてこんな状況で笑えるの？　陸さんみたいな最低な人をどうしてかばえるの？

私から離れ、涼音さんは陸さんへ近づいた。

「陸とは中一のときからつき合ってたよね。ずっと一緒だと信じて疑わなかったから、去年の事故は悲しかった」

「……うん」

なにかをこらえるように、陸さんはジッとうつむいたまま。

「好きな人のことはわかるの。特に陸はわかりやす過ぎ。浮気してたなんて、ウソだよね？」

「……本当だって」

困ったように陸さんは頭をかいた。

「ほら、また頭をかいてる。ウソをつくときのクセだって、知ってるよ」

ハッと頭から手を離す陸さんに、涼音さんはおかしそうに笑った。

「いなくなってからも、ずっとここで私のことを見てくれてたんだよね？　新校舎に移ってからも、気にしてくれてた。それは、私が陸のことを忘れられないから」

「……………」

「忘れられるはずないよ。だって、本当に好きだったから。陸との未来を信じていたから」

涼音さんは上半身を折って、陸さんと目線を合わせた。唇をギュッと噛《か》みしめた陸さんが目を逸らす。

「これ以上、私が落ちこまないように浮気していた、ってことにした。そういうやさしいところが、もっと好きにさせるんだよ」

「やっぱりバレたか」

あきらめたように陸さんが笑った。

そうだったんだ。涼音さんを元気づけるために、明日も生きていけるようにウソをついたんだ……。

大きく深呼吸をしたあと、涼音さんは涙をこぼしながらほほ笑んだ。

「もう大丈夫だよ、って本当は言いたい。だけど、やっぱり私は弱いから。あんな急に陸がいなくなるなんて想像もしていなかったから」

「ごめん。涼音、ごめん」

涼音さんの唇が、あごが、声が震えている。

「まだしばらくはダメだと思う。でも、私のせいで陸がここにいるなんて、そのほうがもっと悲しい。少しずつでも元気になる、って約束するから」

「涼音……」

「もう、いいんだよ？　私のことは心配せずに、旅立って……いい……んだよ」

「涼音！」

再び抱きしめ合うふたりを残し、光はもう青色かどうかもわからないほど薄くなっている。

──キーンコーン。

旧校舎にチャイムの音が響き渡った。ふたりの時間が終わりを告げているのがわかる。

私の頬にも涙が流れている。

こんな悲しい別れがあるの？　お互いに好きなのにもう二度と会えなくなるなんて……。

ふたりは手を固く握り合っている。

きっと、『永遠のしあわせがふたりに訪れる』という伝説は、絆のこと。それぞれの道を進む決断を、ふたりはしたんだ。それがふたりのしあわせにつながっているんだ……。

「しあわせにできなくて、ごめん」

苦しげな陸さんに、涼音さんは首を横にふった。

「しあわせだった。陸がいたから、ずっとしあわせだったんだよ」

「でも、ごめん」

「もう」と涼音さんは涙をこぼしながら笑う。

「お別れの言葉がそんなに悲しいと、もっと引きずっちゃうでしょう?」

涼音さんは強い人。私だったらこんなふうに笑顔を作ることなんてできない。

小さくうなずいた陸さんも、無理やりの笑みを作った。けれど、涙に負けるように顔をゆがめた。

「陸、あなたが好きだよ。ずっとずっと好きだった」

「俺も……好きだよ」

「最後は笑ってさよならを言おうよ。陸の笑顔を覚えていたいから」

陸さんが何度もうなずいてから、やさしくほほ笑んだ。

「涼音、さようなら」

「さようなら、陸」

青い光が、今、消えた。

同時に、陸さんの体は空気に溶けていった。

チャイムの残響も消え、暗い教室にふたりきり。もうここに、青色はない。

耐え切れないように、涼音さんがその場で崩れた。

「もう、いいのかな。泣いても……いいのかな」

今度は私が涼音さんを抱きしめた。強く、強く。

「もういいんですよ。泣いてもいいんですよ」

声をあげて泣く涼音さんを、私はいつまでも抱きしめていた。


旧校舎の前で黒猫とともに涼音さんを見送った。

涼音さんの悲しみはまだ続いていく。だけど、周りの人のやさしさにいつか、その傷が癒されると私は信じたい。

足音にふり向くと、碧人がポケットに両手を突っこんで立っていた。

「終わったか」

「うん。ふたりの別れを見守ることができたよ」

思い出せば泣けてくる。

「使者になってみた感想は？」

目じりの涙を拭う私に、碧人が尋ねた。

「まだ実感がない感じ。でも、ずっと心にあった『青い月の伝説』の世界にいるんだなって……不思議な気持ち」

そう言うと、碧人は呆れた顔になった。

「前は忘れてたくせに？」

そうか、と気づいた。私も碧人にウソをついている。

碧人を好きになり、本当の自分が出せなくなっていた。

でも、陸さんと涼音さんのように、別れはいつ来るかわからない。だとしたら、後悔がないようにウソをつくのはやめなくちゃ。

「本当は忘れてなかった。ウソをついてごめん」

謝られるとは思ってなかったのだろう、碧人がアワアワと落ち着かなくなる。

「いや、俺も……なんか、ごめん」

それから私たちは顔を見合わせて笑った。中学生のころに時間が戻ったような感覚がくすぐったくて心地いい。

「また青い月が出たら、今度は一緒に来ようよ」

「ああ、約束な」

「うん、約束」

明日、海弥さんに会いに行こう。『いちばんの親友だ』という陸さんの言葉を伝えよう。

残された人に想いを伝えるのが使者の役目だと思ったから。

空を見あげると、銀色の月が真上で光っていた。

遠い空で陸さんが笑っている。そんな気がした。

第三章　死にたがりの君と、生きたがりの彼女

五月の空に、半分に割れた月が浮かんでいる。まるでかくれんぼをしているみたいに、ひっそりと。

窓辺の席はこれからの季節、紫外線対策が必須だ。前の席の梨央奈なんて、休み時間のたびに日焼け止めのスプレーを体中に吹きかけている。

それにしても眠い。『春眠暁《しゅんみんあかつき》を覚えず』と昔の人は言ったそうだけれど、季節や時間に限らず、私はいつでも眠い。昼休みあとの授業となればなおさらだ。

苦手な『社会福祉基礎』の授業ということもあり、脳が拒否しているのか勝手にまぶたが閉じてしまう。

芳賀先生がこの授業を担当している。名前は範子《のりこ》で、歳は四十五歳。

明るい性格でいつも大声で笑い、クラスメイトは陰で『ガハ子』と呼んでいて、本人の耳にも入っているようだが気にしていない様子。

ショートカットの髪で、制服だと言わんばかりにいつも同じ黒色のジャージを着ている。

「はい、次のページ行くよ。ここテストに出すかもしれないし、出さないかもしれないよ」

「どっちなんですか」

ムードメーカーの三井くんのツッコミに、

「ガハハハ」

といつものように大笑いしている。

そんな、月曜日の午後。あの不思議な体験から一カ月が経とうとしている。

今日の全校集会で、久しぶりに涼音さんを見かけた。私を見つけると、大きく手をふってくれた。

少しずつでも元気になってくれるといいな……。

と、突然教室に悲鳴があがった。

「ねね、見て！」

梨央奈が教壇のほうを指さしている。

「え……？」

「ほら、猫ちゃん」

見ると、教壇の上にあの黒猫がちょこんと座っていた。

芳賀先生は猫が苦手らしく、

「誰か、どっかやってちょうだい！」

半泣きでさわいでいる。

「かわいい」「どこから来たの？」「名前はなんていうの？」

女子を中心に声をかけているが、黒猫は胸元の白毛を誇示するように私をまっすぐに見つめてくる。いや、にらんでいる。

……ヤバい。

五月の連休が終わってすぐのころ、昼間に薄い青色の月が出たことがあった。すぐに気づいたけれど、なかったことにしてやり過ごしてしまった。

『青い月の伝説』は碧人との思い出の本。青い月を見つけたときはうれしかったし、私にできることをしようと思った。

でもまさか、幽霊の悩みを解決することになるなんて思っていなかった。

使者として幽霊の役に立てたのはうれしかったけれど、私が夢見ていたのはそういうのじゃない。

伝説のように碧人と手をつなぎたいけれど、そもそも恋人同士じゃないから参加資格もない状態だし……。

「そっち行った！」

男子のひとりが叫び、みんなの視線が一斉に集まる。

「あ……」

黒猫は優雅に私の足元へ来ると、

「にゃあ」

とひとつ鳴いた。

触ろうと手を伸ばす三井くんを優雅にかわし、黒猫は教室の壁側の席へ移動した。

その席に座っている女子は、持田葉菜《もちだはな》さん。

入学当初から不登校気味で、顔を見るのは週に一度か二度。ウワサでは近いうちに普通科へ移ることになるそうだ。

持田という苗字の人がクラスにふたりいるので、みんな名前で呼んでいるけれど、きっと話したことがある人はほとんどいないんじゃないかな。私も、そうだし。

登校してもいつも机に突っ伏していて、クラスメイトとの交流を避けている。今も、黒猫に気づかず、両手を顔に押し当てたまま身じろぎひとつしない。

黒猫が私をもう一度見て、

「にゃあ」

と鳴いたあと、やっと教室から出ていってくれた。

「はい、それじゃあ続きをやるから集中して」

芳賀先生は黒猫を見なかったことにするらしい。椅子を鳴らしてクラスメイトが前を向く。

「あの猫、実月に話しかけてなかった？」

「そんなわけないでしょ」

梨央奈の問いに答えてからため息をつく。猫語はわからないけど、なんとなく言いたいことはわかる。

『今度はちゃんと来いよ』

そう伝えに来たのだろう。


放課後になり、月の色が青く変わりはじめている。

もう理解した。伝説における私の役割は『使者』のみで、この世に思いを残した幽霊の手伝いをしなくてはならない。黒猫はその予告をしに教室まで来たのだろう。

空ばかり見てしまうのは、恋を知ってから。青い月をもう一度見ることができれば、言葉にできない願いが叶うかもしれない、と信じてきた。

やっと見ることができたのに、叶わないどころかこんな役割を押しつけられるなんてあんまりだ。

「すごい夕焼けだね」

荷物をまとめながら梨央奈が言うけれど、月の周りだけは青く染まっている。

青い月が見られるのは、私と碧人と幽霊と、その幽霊が会いたい人だけということだろう。

今回は碧人と一緒に旧校舎へ行ってみよう。恋人同士じゃなくても、伝説にあるように手をつないでみるのはどうだろう。ひょっとしたら、なにかが起きるかもしれない。

そんなことを思っていると、梨央奈が私にスマホの画面を見せてきた。

「ポテトの無料クーポンをゲット。帰りにちょっと寄ってかない？」

「あーごめん。ちょっと約束があるんだ」

「約束？」

約束をしたわけじゃないけれど、きっと碧人は旧校舎に行くはず。

「碧人って覚えてる？」

「え？　それ誰のこと？」

スマホに目を落としたまま梨央奈が尋ねた。

「スポーツ科にいる幼なじみ。前に梨央奈にも紹介したことあるじゃん。同じマンションに住んでるから、今でもたまに会ってるんだよね」

「へぇ」

テンションを落とす梨央奈に「違うよ」と、慌てて言う。

「そういう関係じゃないから」

「別に疑ってないよ。ただの幼なじみなんでしょ？」

梨央奈がひょいと席を立った。

「クーポン五月末までだから、中間テストが終わったら行こうよ。ただし、ふたりきりでね。男子って苦手だから」

「もちろん」

「じゃあ、またね」

梨央奈が教室から出ていくのを見送った。

ヘンな雰囲気にならなくてよかった。誰かと話をするたびに相手の顔色ばかり窺《うかが》ってしまう。自分を変えたいと思うけれど、どうやって変えていいのかわからない。

学校でも勉強ばかりじゃなく、そういうことを教えてくれればいいのに。福祉の授業で『コミュニケーション技術』とかはあるけれど、どれも高齢者に対しての接し方についてばかりだし。

荷物をまとめ、旧校舎へ向かうことにした。

階段をおりていると、

「よう」

と、うしろから声がかかった。

ふり向かなくても誰かわかる。碧人がかろやかに階段をおりてくる。

「碧人も見えてるんだよね？」

「六時間目くらいからどんどん青くなってる。ついに来たか、ってテンションあがりまくり」

昇降口へ向かいながら、やっぱり胸がドキドキしてしまう。

前回、旧校舎へ行ってからは学校でも話しかけてくれることが増えた。とはいえ、碧人のクラスメイトがいない場所でのみだけど。それでも、気づかないフリをされるより何倍もマシだ。

私も自分の気持ちを――といっても、好きな気持ち以外は伝えるようにしている。

「不思議だよね。なんで私と碧人だけ、青い月が見えてるんだろう？」

「伝説について知ってるのが俺たちだけだから。信じている人にしか見えない、みたいな？」

「それはあるかもね。梨央奈は見えないみたいだし。でも、ちょっと怖い。前のときは……大変だったから」

「たしかに幽霊に会うのって怖いよなあ。まあ、いざとなれば逃げればいい。それにこれ」

と、碧人がパンツの裾をめくった。

「実月がくれたミサンガが守ってくれるはず」

「ミサンガは願いごとをするためのもの。魔除《まよ》けじゃないんだからね」

「似たようなもんだろ」

碧人は気楽な性格。つい考えこんでしまう性格の私からすればうらやましい限りだ。

旧校舎が近づくと、『立ち入り禁止』の看板の前に誰かが立っているのが見えた。

「碧人、誰かいる」

足を止めてそう言うが、

「幽霊がお迎えに来てんのかな？」

碧人はむしろ早足に進んでいってしまう。

看板の文字を眺めていた女子生徒が、ハッとふり向いた。

その顔を見て葉菜さんだと気づく。うつむいていることが多いから、ちゃんと顔を見るのは久々だった。

黒髪をひとつに結び、意志を感じる瞳にキュっと引き締まった唇。白い肌が、月の光のせいで青白くも見える。

そういえば、あの黒猫は葉菜さんの席の前で鳴いたよね……。

「あれが幽霊なのかな？」

「ちょっと、失礼でしょ！」

幸い、葉菜さんには聞こえなかったらしく、むしろ私を見て驚いている。

碧人は「そっか」と平然とした顔をしている。

「幽霊は旧校舎から出られないんだっけ？」

いや、失礼なのはそこじゃない。葉菜さんのもとへ向かうと、おびえた瞳であとずさりをされてしまった。

「あの……」

声をかけるのと同時に、葉菜さんは走り去ってしまった。

「なんだあれ」

呆れた顔で見送る碧人に、

「同じクラスの持田葉菜さん。ここでなにをしてたんだろう」

そう尋ねるが「さあ」と肩をすくめている。

「今度聞いてみれば？　それより暗くなる前に入ろうぜ」

葉菜さんとは一度も話したことがないし、そもそも聞く勇気なんて出ない。

裏手に回ると、桜の木が緑の葉を茂らせていた。碧人は開いている裏口から、さっさとなかに入ってしまった。

私も入ろうとしたけれど、やっぱり勇気が出ない。

でも今回は碧人が一緒だし、使者として呼ばれたわけではないかもしれない。

深呼吸をして、校舎に足を踏み入れようとしたときだった。

「こら！　そこっ！」

突然の大声に飛びあがりそうになる。見ると、芳賀先生が大股で歩いてくる。

「空野さんじゃないの。ここは立ち入り禁止でしょ」

「あ、すみません」

謝りながら裏口を見ると、碧人が顔だけ覗かせていた。どうやら私だけ見つかってしまったらしい。

「こんなところでなにしてるの？ ひょっとしてデートとか？」

自分で聞いておいて、「ガハハ」と芳賀先生は豪快に笑った。

「そんなわけないか」

「失礼じゃないですか。私だってそういうことがあるかもしれないし」

「あるかもしれないってことは、今はないってことだね」

こういうところが芳賀先生のおもしろいところだ。また大声で笑ったあと、芳賀先生は目を細めて旧校舎を見た。

碧人がサッと隠れるのが見えた。

「この校舎に去年までいたなんて不思議ね」

「芳賀先生はこの学校、長いんですよね？」

「教師になってからずっとだからね。それこそ二十代のピチピチのときからだし。でもさ……」

と、芳賀先生は声のトーンを落とした。

「夏休みの間に解体されちゃうんだってさ。さみしい気もするけど、これも時代の流れってやつだね」

たった一年しか過ごさなかった私よりも、芳賀先生のほうがたくさんの思い出をこの校舎に残している。

「そういえば、さっき葉菜さんと一緒にいなかった？」

芳賀先生は葉菜が立ち去ったほうへ目をやった。

「入れ替わりに帰ったみたいです」

逃げられた、とは言えずにごまかした。

「葉菜さんにたまに話しかけてあげてくれる？　あの子もいろいろ悩んでるからさ」

「なにを悩んでいるんですか？」

私の質問に、芳賀先生は「ふふ」と小さく口のなかで笑った。

「そういうのは自分で聞かなくちゃ」

「でも……ほとんど話をしたことがなくって」

「空野さんは卒業したら介護の世界に入るのよね？　いろんな高齢者の方や家族の悩みを聞くことになるんだから、対人援助技術を――って、ごめん。余計なことだわ」

「いえ。先生の言うとおりです。私、なかなか自分から話しかけられなくて……。相手を理解することが得意じゃありません」

芳賀先生は軽くうなずくと右手の指を三本立てた。

「大事なのは『受容』と『共感』と『傾聴』よ」

授業で何度も習ったこと。『受容』は相手をそのまま受け入れること。『共感』は文字どおり、相手に共感すること。『傾聴』は、耳を傾けて相手の話を聞くこと。高齢者のなかには、自分の言いたいことを伝えられない人もいるので『声なき声』を汲《く》み取る必要がある。

でも、実践するとなれば話は別。どうやっていいのかわからない。

難しい顔をしていたのだろう、芳賀先生が「ガハハ」とまた笑った。

「習うより慣れろって言うじゃない？　思い切って話しかけてみるのがいちばん。興味半分じゃなく、寄り添いたいっていう気持ちでね」

ウインクしたあと芳賀先生が「あ！」と声をあげた。

「いけない。職員会議がはじまっちゃう！　空野さんも早く帰ること！」

風のように去っていく芳賀先生を見送っていると、

「あぶねー。まさかガハ子が来るなんて」

碧人が顔を出した。

「ガハ子じゃなくて、芳賀先生でしょ」

旧校舎に入ると、そこはまるで海のなか。窓から差しこむ青い光が、廊下を照らしている。

「こんな青いのに、誰も見えないなんて不思議だよね」

「俺たちふたりだけの特権ってこと」

ふたりだけ、という言葉に胸がジンと熱くなった。気づかれないように平気な顔であたりを見回した。

いつか、好きだと言える日が来ればいいな。ずっと、そんな日が来なければいいな。

相反する気持ちのまま階段のほうへ目を向けると、あの黒猫が座っていた。私と目が合うと、前回と同じように階段をのぼっていく。

「君、授業中に来るのは反則だからね」

文句を言う私に、

「へ？　こいつ教室まで来たの？」

碧人がうしろから尋ねてきた。

「ゴールデンウィークのあとに青い月が出たことがあったよね？　そのときに行かなかったから、今回は迎えに来たみたい」

「あの日は俺も用事があったからなあ」

青い月を見た翌日、マンションの前で碧人に報告したところ、同じことを言っていた。その日は親戚の人が来ていたらしく、急いで帰らなくてはならなかったそうだ。

黒猫は三階の踊り場を越え、さらに上にのぼっていく。先を行く碧人の足首から、ミサンガがチラチラ見えていて、それがうれしい。

四階も通り過ぎた黒猫。どうやら屋上へ向かっているらしい。

「屋上に行くの？　だったら靴を持ってくればよかった」

黒猫は答えることもなく、鉄製のドアの前へ進む。

「屋上なんて、めっちゃテンションあがるわ」

ワクワクを隠しきれない碧人が興奮したように小鼻をふくらませている。

「碧人は来たことあるの？」

「ないよ。ここはカギ閉まってたし」

黒猫はドアの前で、ちょこんと座っている。まるで人間の言葉を理解しているみたいな顔に見えた。

「行く前に質問してもいい？」

膝を曲げて黒猫と目を合わせる。

「『黒猫がふたりを使者のもとへと導く。青い光のなかで手を握り合えば、永遠のしあわせがふたりに訪れる』っていう伝説は本当のことなんだよね？」

黒猫は、褐色の瞳で私を見つめ返すだけ。

「今回も私は――私たちは『使者』ってこと？」

ダメだ。なにも答えてくれない。

どちらにしてもこのドアの向こうに誰かがいる。それが幽霊だった場合は、私たちは『使者』になり、相手が『使者』だった場合は私たちに永遠のしあわせが訪れる。

扉にはカギがかかっていなかった。想像以上に重いドアを押すと、悲鳴のような音を立てて開いた。

「わあ……」

思わず声が出てしまった。

屋上が、まるでプールみたいに真っ青に染まっている。頭上で光る月は、さっきよりも濃い青色の光をふらせていた。

「すげえな。プールのなかにいるみたい」

碧人が私と同じように感じてくれていることにうれしくなった。

――キーンコーン。

チャイムの音が青い世界に響く。これも聞こえているのは私と碧人だけなのだろう。歩きだす黒猫についていく。私の手も青色に光っていて、まるで夢のなかにいるみたい。

「あそこ見て」

碧人が指さす先に、ひとりの女子生徒が立っていた。

手すりに手を置く横顔。長い髪が風の形を教えるようになびいている。

黒猫がやって来たことに気づいても、女子生徒はチラッと見ただけですぐに顔をもとの位置に戻してしまった。

碧人は、と横を見るといつの間にか数歩うしろに下がってしまっている。

「碧人？」

「え？　あ、うん。俺はいいから実月だけ行って」

碧人は昔から、幽霊とかUFOとかのオカルトものが好きだった。みんなで集まったときにそういう話題を出してくることも多かった。

『三丁目の空き家に幽霊が出るらしい』とか、『駅裏の神社で火の玉を見た人がいるんだって』とか。なのに、実際に行くとなると、誰よりも先に離脱した。

「忘れてた。碧人、幽霊が苦手だったね」

「べ、別に怖くない。なんだろう、足が動かなくなった。これはたぶん、事故の後遺症だな」

完全に怖がっている。

ひとりで話しかけるしかないってことか……。

不思議と怖い気持ちはなかった。ここで逃げて帰ったら、あの黒猫がまた呼びにくるかもしれないし……。

心のなかで『受容』『共感』『傾聴』の三つの言葉を唱える。

ゆっくり近づくにつれて、女子生徒の顔に見覚えがないことがわかった。旧校舎にいる時点で一年生ではなさそうだから、おそらく三年生だろう。ノーメイクの横顔には、前回と同じように悲しみの感情があふれている。

身長も高く、モデルになれそうなほど美しい人。腰までの長い髪が、月のせいで青い艶を放っている。

彼女が、私に気づき顔を向けた。遅れて髪が弧を描くように宙に舞った。その瞳に輝きはなく、黒目は平面に見えるほど真っ黒な色をしている。

もう、わかる。彼女は幽霊だ。今回も私は『使者』なのだろう。

小さく深呼吸してから頭を下げる。笑顔になっていないことに気づき、あとづけでぎこちなくほほ笑む。

「突然すみません。空野実月といいます。この子に呼ばれてきました」

黒猫を見るが、もう役目は終わったとばかりにその場で横になっている。

「……の？」

ボソッと彼女がなにか言ったので、視線を戻すと同時に固まってしまう。彼女の表情は、どう見ても怒っていたから。

「あの……私――」

「なんで話しかけてくるの、って聞いてるんだけど」

鋭い言葉にギュッと口をつぐんだ。

さっきまで黒かった瞳が、赤色に変わっている。燃えるような瞳は、彼女の怒りを表わしている。

ここで逃げちゃダメ。前回と同じように彼女もきっと苦しんでいて、誰かに助けを求めているはず。

「なにか、私にできることはありますか？　どうしてここにいるのか教えてもらえれば、役に立てるかもしれません」

どんな内容でも受容し、共感する。話していることをしっかりと傾聴する。そうすることできっと——。

「なんで初対面のあなたに教えなくちゃいけないわけ？　何様のつもりよ」

たくさんのヘビが頭をもたげるように、彼女の髪がゆらりと広がる。理解したいという気持ちはあっけなく打ち砕かれ、もうあとかたもない。

膠着《こうちゃく》状態が続くなか、彼女は背を向けた。

「帰ってよ。二度とここへは来ないで」

拒絶の言葉が、私と彼女の間に大きな壁を作った。

帰り道、碧人は青白い顔をしていた。

月のせいだけじゃない。初めて幽霊に会ってしまい、ショックを受けているのだろう。

夜道に私たちの足音だけが響いている。

月はさっきよりも青色を薄め、銀色に近くなっている。

マンションのそばまで来てからやっと碧人は足を止めた。

「さっきはごめん。なんか、驚いちゃってさ」

「私も最初に見たときはびっくりしたから」

「なんにも言えなかった。俺、情けないよな」

「そんなことないって。碧人がいてくれただけで、ずいぶん心強かったし」

最近は素直な感情を言葉にできるようになっている。もちろん、好きだとは言えないけれど、私にとっては大きな一歩だ。

「あの女性、すごく怒ってたよね」

世界のすべてが敵だ、というような顔をしていた。

「でも、悲しそうにも見えたよな」

「『青い月の伝説』だと、誰かと手をつながないとしあわせになれない。きっと、会いたい人がいるんだと思う」

もし私が突然、この世から消えることになったとしたら、お母さんに会ってお礼を言いたい。梨央奈にもさよならを言いたい。

でも、碧人には……どうだろう。会ってしまったら余計に悲しくなりそうで。

「俺はさ」と碧人があごをあげた。さっきまでの青色を忘れた月が、銀色の光をサラサラとこぼしている。

「人は死んだらそれで終わりだと思ってた。でも、違うんだな。幽霊になってこの世に残ることもある。旧校舎に閉じこめられて動けないとしたら、悲しいしムカつくと思う」

宙をにらむ碧人から目を逸らしたのは、彼女になにも言えなかったことが恥ずかしかったから。せめて名前だけでも聞けばよかった。

いつもこうだ。あとになって後悔ばかりしている。

「気にすんなよ」

「え?」

ニッと励ますように、碧人が笑みを作る。

「なんにもできなかった俺が言うことじゃないけど、気にすんな。いきなりあの態度はないし」

落ちこんでいることをわかってくれたんだ。たったひと言で、重くなっていた気持ちがふわりと軽くなった気がした。

好きだよ。言葉には絶対にできないけど、碧人のことが好きなんだよ。

「気にしちゃうけど、気にしないようにする」

あふれそうな感情にフタをして答えた。

もうすぐエントランスというところで、ふと、碧人が足を止めた。

「どうかした？」

「あのさ」と言う碧人の声が、さっきよりも低い。

「実月に言わなくちゃいけないことがあるんだ」

改まった口調で碧人は背筋を伸ばした。

「え……なに？」

「たいしたことじゃないんだけど、六月になったら引っ越しをすることになってさ」

マンションに目を向ける碧人。言葉の意味は数秒遅れで理解できた。

「引っ越すって……なんで？」

頭の奥のほうで頭痛が生まれるのがわかった。鈍い痛みが、思考を止めようとしているみたい。

碧人が引っ越しをする？　ここからいなくなるってこと？

「親が転勤になってさ、じいちゃんが住んでる奈良県《ならけん》に行くことになったんだよ」

「奈良……」

潮が引くように、体から温度がなくなっていく。碧人は……なにを言ってるの？

「転勤先は大阪府《おおさかふ》だから、通勤は大変みたいだけどな」

「待ってよ。ぜんぜんたいしたことある話なんだけど」

おかしな日本語になってしまう私に、慌てた様子で碧人が手を横にふった。

「違う違う。行くのは親だけだから。俺はこの街に残るってこと」

息をしていないことに気づき、大きく酸素を吸いこんだ。

「あ……おじさんとおばさんだけ？　なんだ……びっくりした」

「ごめん。言い方が悪かった」

「私こそ、早とちりしちゃった。あ……でも、碧人もマンションから出るってこと？」

「うん」

最悪の想像をしていただけに、泣きそうなほどホッとしている。碧人はやさしく目を細めてから、今歩いてきた道を指さした。

「うちのマンションはひとりだと広過ぎるから誰かに貸すんだって。俺は駅前の安いアパートに住む予定」

「そうなんだ。じゃあ、来月は忙しいね」

「それより最悪なのは、六月の『研修旅行』だよ。なんたって行き先が奈良県だし」

「ああ」とやっと笑えた。

来月、専門学科のクラスを対象に、二泊三日で研修旅行が開催される。いくつかの班に分かれて、それぞれの専門分野の知識を深めるというもの。普通科の人は秋に修学旅行という名目で北海道へ行くそうだ。

「これから何度も奈良に行くことになるのに、学校でも行かなくちゃいけないなんて」

嘆く碧人に、クスクス笑ってしまう。碧人がいなくなるかも、と思った直後だから、いつも以上に楽しい気分。頭痛もどこかへ消えたみたい。

「笑うなよ。俺はかなりショックを受けてるんだから」

「でも、ひとり暮らしをするなんてすごいね」

「マジ勘弁だよ。幽霊が出たらどうすんだよ」

ふくれっ面のまま再び歩き出そうとする碧人が、ふと足を止めた。

マンションの向かい側には、一軒家がいくつか並んでいる。私たちのそばに建つ二階建ての家から誰かが出てきた。私と同じ制服を着ている女性は、ポストのなかを確認している。その顔に見覚えがあった。

「え、葉菜さん？」

手紙を手にした葉菜さんが、ハッとふり返った。一瞬視線が合ったけれど、葉菜さんは急ぎ足で玄関のなかに消えてしまった。

「旧校舎にいたクラスメイト？　幽霊でも見たみたいな顔してたな」

碧人が呆れた顔でそう言った。

「こんな近所に住んでいたなんて知らなかった……」

「この家ができたのって三年くらい前じゃなかったっけ。それまでは空き地だったし」

新しい家ができたのは知っていたけれど、誰が住んでいるかは知らなかった。

「同じクラスなら聞いてみれば？　それより腹減ったから帰ろう」

スタスタと歩きだす碧人。

今度会ったら聞いてみたいけれど、葉菜さんは誰とも話をしないから拒否される可能性は高い。そう……さっきの幽霊みたいに。

「あっ！」

うわん、とホールに私の声が響いた。

「なんだよ。びっくりさせんなよ」

碧人が目を見開いて文句を言うけれど、それどころじゃない。

さっきの幽霊と葉菜さんが似ていることに気づいたのだ。いや、似ているというレベルじゃない。髪型や見た目、雰囲気までなにもかも同じだ。

「あの、さ……さっき旧校舎で会った幽霊、葉菜さんに似てなかった？」

なんで気づかなかったのだろう。幽霊は葉菜さんより年上に見えたから、ひょっとして姉妹とか……？

だけど碧人は興味なさげに「さあ」と首をひねった。

「葉菜って子は一瞬しか見てないし、そもそも幽霊は怖くて直視してないからわからない。そんなに似てたっけ？」

「……どうだろう」

さっきまであったはずの確信がぼやけていく。

同じ制服を着て、同じような見た目だからそう思ったのかな……。

「それより引っ越しのことなんだけど、親とか友だちにはまだ内緒にしといてくれる？」

急カーブで話題を戻す碧人に、少し遅れてうなずく。

「でも、もう来月の話なんだよね？」

「いろいろ言われるの、苦手だから」

そう言うと、碧人は自分の棟のエレベーターへ向かった。ケガをしたときもそうだったから、すぐに理解できた。

「わかった。内緒にしとく」

「約束な」

私もエレベーターに乗りこむ。ふり向くと、碧人はまだその場で軽く手をふっていた。

ふたりだけの約束というのも悪くないな、と思った。

家に着くと、珍しくお母さんがキッチンに立っていた。

「今日は有給休暇を取ったんだっけ？」

ダボダボのトレーナー姿に、髪にはヘアバンド。おそらく一日中寝ていたのだろう。

「なによ。まずは『ただいま』からでしょ」

「ただいま」

「おかえりなさい。今度の日曜日、空けてるわよね？」

日曜日はお父さんの命日だ。墓参りに行くことは、スマホのスケジュールに登録してある。

五歳のときに亡くなったから、写真でしか顔は見られないし、はっきりと思い出せるエピソードも少ない。それでも、この家にはまだお父さんのにおいが残っている気がする。

「空けてるよ。お父さんが好きなお饅頭《まんじゅう》を買っていくんだよね」

手を洗ってから部屋で着替える。机の上に、お父さんと昔撮ったツーショットが飾られている。

「ただいま、お父さん」

私を膝に載せて笑う写真のなかのお父さん。顔をくしゃくしゃにして笑っているせいで、おじいちゃんっぽく見えるこの写真がいちばん好き。

お父さんは亡くなるとき、どんな気持ちだったのだろう。もし人が幽霊になるのだとしたら、どうしてお父さんは私の前に現れてくれないのだろう。

でも、使者としてお父さんに会うのは嫌かも。なにか頼まれても、それをすることでせっかく会えたのに消えてしまうなんて悲し過ぎる。

違う。お父さんに思い残しがあることのほうがもっと悲しい。

キッチンに戻ると、すでに夕食の準備が終わっていた。今夜は私の好きなハンバーグだ。

「お父さんって、亡くなる前はどんなふうだったの？」

ハンバーグに箸を入れながら尋ねると、お母さんは目を丸くしたままフリーズした。

「え、なに？」

しばらくしてお母さんはゆっくり首を横にふった。

「実月がお父さんのことを聞くなんて珍しいからびっくりしちゃった。なにかあったの？」

「そうじゃないけど、最期、どうだったのかなって」

「うーん」

お母さんがお茶を両手で抱いた。

「ドラマみたいな感じじゃなくてね、意外とあっさり亡くなったの」

「そうなんだ」

「お父さん、昔から『人生会議』が好きだったから、覚悟はできてたんだろうね」

「なにそれ」

初めて聞く言葉だ。

「アドバンス・ケア・プランニングって言うんだけど、いざというときに困らないように、『自分の最期はどうしたいか』について普段から話し合うこと」

「へえ……って、ごめん。よくわからない」

普段から話し合うってどういうこと？　そんな暗い話題、私ならしたくない。

「たぶんそのうち学校で習うわよ。介護とか医療の現場で使われてる言葉だし、お母さんたちの仕事でも最近よく出てくるから」

「お父さんはそういう話をよくしてたの？」

「たとえば、介護が必要になったらどうするか、病気になったらどんな医療を受けたいのか、最後の食事はなにがいいかとか。そういうことを常に話したがる人だった。今思えば、虫の知らせみたいなものがずっとあったのかも」

お父さんの病気は、予告もなく突然発症したと聞いている。たった数日で亡くなったとも。

「お父さん、どういう話をしてたの？」

「それがねえ」とお母さんは苦笑した。

「自分のことよりも、私と実月のことばかり話してた。でも、『自分がもし病気になっても、確実に治る見こみがなければ延命治療をしない』っていうのは、口ぐせのように言ってたの」

「そうなんだ……」

私ならどうするだろうか。自分が死ぬときのことなんてとても考えられない。

「最後の会話も『じゃあ、おやすみ』って、眠るように亡くなったのよ」

ふう、と息をついたお母さんが「それにね」とほほ笑んだ。

「すごく安らかな顔だったの。お父さんはノートに、人生会議で話したことをぜんぶ書いて残してたの。それこそ、お葬式で流す曲まで指定されてたのよ」

遠い記憶のなかにいるお父さんは、いつも冗談を言っては笑っていた。明るくて頼りがいがあって、やさしい人だった。

残された私たちも悲しいけれど、残すほうのお父さんはもっと悲しかっただろうな……。

「お父さんは、思い残しがあったと思う？」

「思い残し？」

サラダをほおばりながらお母さんが聞き返す。

「なんていうか……。たとえば幽霊になってでもこの世に残りたいような、そういうこと」

「それはあったんじゃないかな。お母さんや実月のことを心配してくれていたからね。でも、あれだけ人生会議をしてきたんだから、ほかの人よりはなかったと思うわよ」

自分の運命と向き合ったお父さんはすごい。

私は……まだムリ。少し先の未来さえ霧がかかっているみたいに見えないのに、いざというときのことを考える余裕なんてない。

それは、旧校舎にいる彼女も同じだったに違いない。誰だって、この世から自分が消えるときのことなんて考えられない。

きっと私だけじゃない。毎日テレビで流れる悲しいニュースだって、誰もが『自分には関係のないこと』と思いこんでいる。

夕食が終わっても、お母さんはお父さんの思い出話を次々に披露してくれた。

お父さんに会いたい気持ちはあるけれど、幽霊になっていたとしたら悲しいな。

だって、幽霊になるということは、この世に思い残しがあるということだから。

幽霊になったお父さんと会うくらいなら、その思い出とともに生きていきたい。そう思った。

「じゃあ、私たちも人生会議をしましょうか」

お母さんがそんな提案をしてきたから、

「ごちそうさまでした」

と、部屋に逃げこんだ。

部屋に飾ったお父さんの写真が、苦笑しているように見えたのは気のせいだろう。

中間テスト三日目は、朝から雨が降っている。

午後になり小降りになったけれど、雨は明日の昼まで続くという予報。新しい校舎は前よりも壁が厚いらしく、雨の音はほとんど耳に届かない。

「てことで、最終日もがんばってね。明日は午後に研修旅行の説明会もあるからね」

芳賀先生がそう言った。

みんなが帰って行くのをぼんやりと見る。

あの日以来、青い月は姿を見せていない。もう五月も月末に近い。

ホッとしているのが半分、もどかしい気持ちも半分。関わらないほうがいいと思っていても、あの女性に会った日、久しぶりにお父さんの話ができた。

お父さんの話題を避けてきた私にとってはすごいことだと思う。

使者としての役割を与えられたのなら、私にできることをしたい。彼女の苦しみや悲しみを癒してあげたかった。

でも、な……。この雨で当分の間、青い月は姿を見せないだろう。

それに明日は満月。

ネットで調べたところ、実際に青い月が観測されるのは満月の日以外のことらしい。月と地球の位置関係上、とか書いてあったけれど、詳しいことはわからない。

葉菜さんはこの三日間、テストを受けるために登校している。朝は私よりもギリギリだし、休み時間は机に突っ伏していて、テストが終わるとホームルームを待たずに帰ってしまう。

あの女性がお姉さんかどうかを聞くことができないまま、今日も終わろうとしている。

誰もいなくなった教室の窓から、線のように細い雨が見える。

「実月」

急に名前を呼ばれ、驚きのあまり体ごと飛び跳ねてしまった。

教室のうしろの戸から現れたのは碧人だった。

「テストお疲れさん」

教室に入ってきた碧人が、隣の席にひょいと腰かけた。

「福祉科はテスト科目が多くて大変だよな」

「スポーツ科だって同じでしょ」

「うちはそこまで多くないし、筆記の科目は点数取れなくても平気。実技テストの結果が大事だからな」

気持ちよさそうに伸びをする碧人を見ていたら、重い気持ちが少しだけ軽くなった気がした。

「実技っていえば、足のほうは大丈夫なの？」

「現状維持ってところ。生きている間はつき合うしかないんだろうな」

「そう……」

声のトーンが落ちてしまった。元気づけなくちゃ、と顔をあげれば碧人が笑いを噛み殺している。

「なんか『しまった』って顔してる」

「そ、そんなこと……」

思いっきり動揺してしまった。

「心配してくれてありがとう」

ひょいと左足をあげ、私があげたミサンガを指さす碧人。

「このお守りがあるから大丈夫」

私を見つめる碧人の瞳がやさしい。そうだよね、昔からお互いの気持ちを言葉にしなくてもわかり合えていたから。

碧人を好きになってしまったことに、罪悪感ばかり覚えていた。勝手に好きになったくせに、碧人の言葉や態度にふり回される自分が嫌いになった。

でも、不思議。最近では、告白はできなくても、碧人を好きになったことを後悔しなくなった。むしろ、必然だったとさえ思えている。

どれくらい見つめ合っていたのだろう、碧人が先に視線を逸らした。

「引っ越しの準備が大変過ぎて、そのせいで体が痛い。なんたって二カ所に荷物を送らなくちゃいけないから」

冗談っぽく笑うから、私も同じように目じりを下げるの。

「引っ越しって経験ないけど、そうとう大変なんだってね」

「やってもやっても終わらない。こんなに荷物あったっけ?って、毎日発掘作業してる」

「碧人の部屋、昔はすごかったもんね」

なんでもかんでも集めるクセはあいかわらずらしい。

「思い出がたくさん詰まってるから、どれも捨てられないんだろうな」

「だろうな、って、なんで他人事《ひとごと》なの？」

「俺じゃなくて母親の話だから。俺がものを捨てられないのは遺伝で間違いない」

と、碧人はおどけている。

「おばさん、腰痛あったよね？　テスト終わったら手伝いに行こうか？」

おばさんにもずいぶん会ってないな……。昔は気軽に遊びに行けたけれど、高校生になってからはさすがに恥ずかしくて。

「俺もそう言ったんだけど、私物を見られるのが嫌なんだってさ。放置しといていいから」

「そのぶん碧人ががんばらないとね」

まかせとけ、と言う代わりに、碧人は胸をドンとたたいてみせたあと、「あ」と短く声を発した。目線が窓の外に向いている。

「見て」

碧人の指す空には、灰色の雨雲が広がっている。上空は風が強いらしく、すごい速さで雲が流れている。

「え、どこ？」

「あの雲の間をしばらく見てて」

やがて、碧人の言おうとしていることがわかった。雲の切れ間から、時折、うっすらと月が顔を出している。

「こんな雨の日に月が見えるなんて……」

「たぶん俺たちにだけ見えてるんだと思う。ほら、薄い青色で光ってる」

言われて気づいた。満月に近い形の月が顔を出すたびに、そこだけ青空みたいな色になっている。実際に観測される青い月と、この月は関係がないみたいだ。

ということは、あの女性が旧校舎に現れているということ？

「まいったな」と、困ったように碧人はハの字に眉を下げた。

「今日は旧校舎に行けないわ。明日もテストだし、引っ越しの準備もあるし」

立ちあがると同時に碧人は歩きだした。

「あ、うん」

「実月も今回はスルーしたほうがいい。じゃあ、またな」

最後のほうの言葉は、ほとんど聞こえなかった。それくらい急いでいるのだろう。

でも、碧人と教室で話ができたなんてうれしいな。先月までは学校では視線すら合わせてくれなかったから……。

ひょっとしたら碧人も私のことを――。

ふわりと浮かぶ空想、いや、妄想を打ち消す。いくらなんでも飛躍し過ぎだろう。

話ができるだけでもうれしいのだから、次を求めちゃダメ。欲張りになる自分を戒《いまし》めながら教室を出た。

雨のなか、旧校舎は灰色にくすんでいる。さみしそうに、悲しそうに。

あの女性もきっと、誰かに会いたい。こんな天気でも青い月が出ているのは、彼女が助けを求めているからかも……。

「行っちゃダメ」

揺らぐ気持ちに言い聞かせる。『二度とここへは来ないで』と、言われたばかりじゃない。あんな冷たく言われたのに、どうして気になってしまうんだろう。

ふん、と鼻から息を吐き、階段をおりる。いつも以上に足を強く踏みしめて。

一階で靴を履き替えていると、開きっぱなしの昇降口の向こうで雨がさわいでいる。まるで家に帰ろうとする私を非難するように。

迷う気持ちはある。でも、ひとりで行ってもできることなんてないし……。

ふと、なにか声が聞こえた気がしてあたりを見回す。昇降口に目を向ければ、あの黒猫が、雨をバックに座っていた。

「にゃあ」

まるで『迎えに来た』と言っているように、彼は鳴いた。

「ねえ、雨だから今日はやめない？」

薄暗い旧校舎をのぼりながら黒猫に尋ねるけれど、前回と同様にまるで無視。しなやかに屋上へ続く階段をのぼっていく。

「明日もテストなの。テストって言葉の意味、わかる？」

絶対にこの猫は人間の言葉がわかっているはず。なのに、ちっとも反応してくれない。呼びに来るなら、せめて碧人がいるときにしてくれればよかったのに。

とはいえ、きっと幽霊に会うことになるのだろう。今回は靴とカサを持ってきた。

屋上の扉の前で黒猫がやっと視線を合わせてくれた。黒いしっぽが遅れてピンと伸びた。胸元の毛が、薄暗いなかでも生クリームのように真っ白なのがわかる。

「君って、騎士みたい。ナイトって名前で呼んでもいい？」

ピクピクと鼻を動かした黒猫が、「にゃ」と短く鳴いた。

同意？　否定？　わからないままカサを手に扉を開けると同時に、雨が顔にふりそそいだ。慌ててカサを広げていると、雨の音に負けそうなほど小さな音でチャイムが聞こえてくる。

屋上の景色は前回とはまるで違った。激しく降る雨が景色をけぶらせ、大きな海原に取り残された船にいるみたい。

月が顔を出すたびに、コンクリートの床に青い光がほのかにゆらめいている。

黒猫は水たまりを突っ切るようにスタスタ歩いていく。よく見ると、彼の毛はまったく濡《ぬ》れていない。

「え、君も幽霊……なの？」

「にゃあ」

でも、クラスのみんなにも黒猫――ナイトは見えていたはず。人間と幽霊の中間みたいな存在なのかな……。

あの女性は前回と同じ場所に立っていた。彼女も雨に濡れることなく、美しい横顔で遠くを眺めている。

私に気づいた瞬間、彼女の髪がふわりと舞いあがった。

「来ないで、って言ったよね？」

鋭い視線に負けそうになりながら、なんとか手すりまでたどり着いた。

「すみません。どうしても気になってしまって……」

本当は黒猫に呼ばれたのだけど、正直に答えてしまったらどうなるかは想像がつく。

やはり、葉菜さんに似ていると思った。鼻の形や唇、醸し出す雰囲気までそっくりだ。

「なにが『気になってしまって』よ。ふざけないで」

「……はい」

体がすくむほどの鋭い視線に耐え切れず、雨が跳ねるコンクリートに目を落としてしまう。

なにか言いたいけれど、口が動いてくれない。

「見てわからないの？　私はもう生きてない。死んでるんだよ」

彼女だけでなく、雨にまで責められている気分になる。

やっぱり、私にできることなんてないのかもしれない。どうして来てしまったのだろう……。

「生きている人間はいいよね。自分に関係のないことならやさしくなれるから。親切そうな顔で、なんだって言える」

カサを持つ手に力を入れないと、雨に負けて落としてしまいそう。

「私の悲しみや苦しみは誰にもわかってもらえない。わかってもらいたくもない！」

青い光が、コンクリートに彼女の影を作った。炎のように髪の影がゆらめいている。

どんな言葉も彼女には届かない。でも、苦しんでいるのはたしかだと思った。

「正直、わからないです。ごめんなさい」

ふり絞った勇気で、なんとか言葉にした。

「……は？」

「だけど、わかりたいって思います。ここにいるっていうことは、なにかに苦しんでいるからですよね？　きっと誰かに――」

「ふざけんな！」

爆発したかのような大声とともに、私の体はコンクリートにたたきつけられていた。

一瞬でびしょ濡れになり、数秒後に右肩に激痛が走った。顔だけでなく口のなかにまで雨が入りこんでくる。

なんとか上半身を起こすと、ゆっくり女性が近づいてくるのが見えた。握りしめてる拳が震えていて、髪は嵐のなかにいるように踊り狂っている。

「みんなウソつき。家族も先生も医者も、誰も本当のことを言わなかった。聞いてもウソばっかり。もっと早く病気のことを知っていたら違ったのに。やりたいこともできたのに！」

手すりにつかまろうと手を伸ばす。あと少しで届きそうなところで、ふわりと体が浮いた感覚のあと、再度コンクリートにたたきつけられる。激しく舞い散る水しぶきに息ができない。

「あんたもウソをついてる。こんな場所に閉じこめられた私のことをわかりたいなんてウソだ！」

絶叫しながら女性は泣いているように見えた。顔をゆがめ、憤りを体全部で表現している。

「ウソつき！　ウソつき！　ウソつき！」

手を伸ばしてくる女性の目は、怒りで赤く燃えている。

ああ、やっぱりダメだった。私にはなんにもできなかった。

「いい加減にしろ！」

突然の怒鳴り声にハッと顔をあげた。大きな背中が私の前に立ちふさがっている。

「大丈夫か？」

あごをこっちに向けて尋ねたのは——碧人だった。

助けに来てくれたんだ……。

「実月に手を出すな」

こんな怒った碧人は初めて見た。

「あ……」

ここからは見えないけれど、我に返ったような女性の声が聞こえた。

転がっていたカサを碧人が渡してくれたけれど、手が震えてうまく持てない。

カサを手にした碧人が私の肩を引き寄せた。

「碧人……」

「やっぱり気になって戻ってきた。実月なら、きっと行くだろうなって。それとも、こいつに無理やり連れてこられたのか？」

ギロッとナイトをにらむ碧人。澄ました顔でナイトはそっぽを向いている。

女性の目はもう赤くなかった。自分のしたことが信じられないような顔で、両手を見つめている。

「碧人、ありがとう。もう大丈夫だと思う。彼女とふたりで話をさせて」

そう言うが、碧人は抱きしめる腕を離さない。

「そんな簡単に幽霊を信用するな」

女性がチラッと碧人を見たが、言い返す気力もないのか、口をキュッと閉じてうつむいてしまう。

「本当に大丈夫だって。たぶん女子同士のほうが話しやすいと思うから、階段のところで待ってて」

不思議と怖さよりも、彼女を理解したい気持ちが勝っていた。

渋々碧人が去ったあと、今度こそ手すりにつかまって立ちあがった。

「あなたをわかりたい気持ちは本当のことです」

もう、怖くはなかった。

「最初は、使者として仕方なくやっていました。でも、今は違います。『青い月の伝説』は本当にあるんです。だから、あなたをしあわせにしたいんです」

「なに……それ。使者？　青い月？」

右肩は雨に打たれるだけでも悲鳴をあげたいほどに痛い。それでも、ちゃんと伝えなくちゃ……。

「絵本に書いてありました。『黒猫がふたりを使者のもとへと導く。青い光のなかで手を握り合えば、永遠のしあわせがふたりに訪れる』って」

女性がうつろな瞳で黒猫を見た。

「知らない。私……そんなの知らない」

「話を聞かせてください。私にできることをさせてください」

「なにも言いたくないし、してもらいたくない。どうせ私は、死んでしまったのだから」

どれほどの期間、彼女はここにいるのだろう。ひとりぼっちで誰とも話せず、きっと心まで死にかけているんだ。

「お願いします。私に協力させてください！」

痛みに耐えながら叫んだ。

女性はしばらくうつむいてから、首をゆるゆると横にふった。炎のような髪も重力に負け、左右に軽く揺れている。

「ムリだよ。この校舎、夏休みになったら取り壊されるんだって。そのときが、本当にこの世から消えるときだってわかってる。あと少しだから……もう平気」

「でも……」

「いいから私のことは忘れて」

はっきりとした口調で言ってから、女性が私の右手をチラッと見た。さっき擦りむいたのだろう、手首からわずかな血が雨に溶けていた。

「ケガをさせてごめんなさい。そんなつもりじゃなかったの」

「大丈夫です。こんなの、かすり傷ですから」

「でも」と女性は恥じるように目を伏せた。

「お願いだからここへは来ないでほしい。これ以上、私の心を乱さないで」

背を向ける女性。激しく降る雨が、彼女の怒りと悲しみを表わしているように思える。

ナイトが私をチラッと見た。わかってるよ。このまま帰ることなんてできないってことは。

聞こえないように深呼吸をしてから、勇気を出して前に進んだ。

「持田葉菜さんを知っていますか？」

その名前を出すのと同時に、女性の体が大きく揺れた。

「あなたは、持田葉菜さんのお姉さんですか？」

信じられないような表情でふり向く彼女を見て確信した。やっぱり葉菜さんのお姉さんなんだ……。

「あなたは……葉菜と同じクラス……なの？」

「はい。二年一組の空野実月です」

「葉菜は……元気でいる……の？」

最後は聞き取れないほどの小さな声で、女性はその場に崩れるように座りこんだ。

両手を顔に当てて、声を殺して泣いている。

まだ雨は、私たちを責めるように降っていた。


学校を出るころには、雨もあがっていた。

青い月も消え、さっきまで灰色だった空が朱色に塗り替えられていく。

「助けてくれてありがとう」

隣を歩く碧人に言うと、カサをたたみながら「いや」と唇を尖らせた。

「実月の性格なら、旧校舎に行くかもしれないことを、もっと早くに気づくべきだった」

「行くつもりはなかったんだけど、ナイトが呼びに来たから」

「ナイト？　ああ、あの黒猫のことか。たしかに騎士っぽいな」

私の考えていることを、碧人はすぐに理解してくれる。だからこそ、好きな気持ちだけはバレないようにしないと。

「しかし、あの幽霊が……名前、なんだっけ？」

「葵《あおい》さん。三年前に亡くなったんだって」

「まさか葵さんの妹が、こないだ見かけた菜葉《なは》さんだとは」

「葉菜さんだよ」

　碧人は昔から、人の名前を覚えるのが苦手だ。

「あれ、そう言ったつもりだけど」

　平然とそんなことを言う碧人に、やっと少し笑えた。

「で、どうすんの？　葉菜さんに会いに行くつもり？」

　碧人の問いに口をつぐむ。葵さんは、亡くなってからの三年間、ずっと旧校舎に取り残されている。

　思い残しについて尋ねたところ、迷わずに『葉菜に会いたい』と涙にむせびながら口にした。

「葉菜さんに話をしに行きたいけど、この格好だし……」

　悲しいくらい制服はビショビショで、汚れもひどい。血は止まったけれどケガもしているこの状況で会いに行けば不審がられるだろう。

「一度帰ってから会いに行くよ」

会いに行くことに迷いはなかった。葵さんの願いを叶えてあげたいと思った。

「俺もついていきたいけど、女子同士のほうがいいんだろ?」

「葉菜さんが話を聞いてくれるとは思えないけど、そのほうがいいかな」

ほとんど話をしたことがないのに、いきなり訪ねていっても大丈夫だろうか。

少しずつ距離を縮めてから話をしたいのが本音だ。

碧人がもう青くない月を見やった。

「明日も青い月が出る、って言われたんだっけ?」

「葵さんはそう言ってた。そのあと一カ月くらいは出ないんだって」

「幽霊ってそんなことまでわかるんだな」

感心したように碧人はマンションへ入っていく。

ちょうど一カ月後に研修旅行があるので、明日を逃がせばしばらく葵さんには会えない。ううん、夏休みに突入したら旧校舎を取り壊すから、二度と会えないかもしれない。

「しかし、実月は昔のまんまだよな」

エレベーターホールの中央で、碧人は足を止めた。

「どういうこと?」

「昔から困っている人を見たらほっとけなかった。小学校のとき、俺が家のカギを落としたときだって、遅くまで一緒に探してくれたよな」

「ああ、そんなこともあったね。カギをなくしたっていうのに、碧人、ぜんぜん平気な顔してた」

　ふわりとあの日の記憶がよみがえる。

　碧人が寄った場所をふたりで探し回った。公園や書店、コンビニまで、碧人の行動範囲があまりに広過ぎて絶望したのを覚えている。

「逆に実月は、自分が失くしたみたいに必死で探してくれた」

「碧人が叱られちゃったらかわいそうだから」

　前までは取りつくろったウソで乗り切っていた。でも、『好き』以外の自分の気持ちをちゃんと言葉にすることを決めたから。

　そう考えると、もっと葉菜さんを葵さんに会わせたくなる。大切な人に会えるということは当たり前じゃない。いつ会えなくなるのかわからないのだから、素直な気持ちを言葉にしたい。

「引っ越しの準備は進んでるの？」

　もうすぐこんなふうに一緒に帰れなくなる。碧人の住むというアパートは、マンションとは逆の方角だから。

「ほとんど終わってる。テスト明けの土日でやっと引っ越し完了の予定」

うれしそうな碧人に、「そっか」と私も笑う。

普段は素直になれても、この片想いがバレないようなウソは継続している。ううん、そうしないといけない。

エレベーターに乗りこむと、碧人はいつものように右手をあげた。

「おやすみ。このあとがんばって」

「うん、おやすみ」

エレベーターが閉まると同時に、我慢していたさみしさを解放した。

着替えをしてマンションを出ると、空にはほぼ満月の形の月が輝いていた。青い月よりもはるか遠くで、サラサラと銀色の光を落としている。

きっと私たちに見えている青い月は、現実のものじゃない。

あの『青い月の伝説』を読んだ人の特権だとはとても思えない。それならもっとたくさんの人が目撃できるはずだから。

まさか自分が使者になるとは思っていなかったけれど、碧人との共通点だから平気。

道路を渡り、葉菜さんの家へ向かう。

「集中しないと……」

今は碧人のことは横に置いておき、葵さんと葉菜さんのことを考えなくちゃ。

思うそばから自信がなくなる。

葵さんには、全力で拒絶された。妹である葉菜さんも同じ反応をするだろうな……。

インターフォンの前に立っても、なかなかボタンを押す勇気が出ない。

友だちでもないのに、いきなり家に来られても困るだろう。会う理由も、いろいろ考えてはみたけれど、どれもしっくりこない。

思考に集中し過ぎていたのだろう、誰かが歩いて来るのに気づかなかった。

驚いた顔で近づいてくるのは、葉菜さんだった。隣にはお母さんと思われる女性がいて、ふたりは揃《そろ》いのジャージ姿だ。

ヤバい、と思ったときにはもう遅かった。

「すみません。ウォーキングに出かけてまして」

愛想よく駆けてくるおばさんに、

「いえ」

首を横にふる。葉菜さんは、信じられないような顔で私を見ている。

「あの、うちにご用事なのよね？」

「あ……はい」

そのあとが続かない。むしろ、足が勝手にあとずさりをはじめている。

家を間違えたことにして今日は帰ろう。そう思ったときだった。

「実月さんじゃん」

葉菜さんが私の腕に抱きついてきた。

え……今の、葉菜さんが言ったの？想像よりも明るい声で、葉菜さんはうれしそうに笑っている。

「ビックリした。まさか実月さんがうちに来てくれるなんて」

「うん。急に……ごめんね」

驚きのあまり、ぎこちなくなってしまった。

「ああ、葉菜と同じクラスの子？　ひょっとして、そこのマンションに住んでる人？」

ホッとしたようにおばさんがほほ笑んでくれた。

「そうです。空野実月です。あの、葉菜さんと少し話がしたくって……。夜なのにすみません」

意外な展開にバクバクと心臓が鳴っている。

「えー、うれしい。じゃあさ、そこの公園に行こうよ。ちょっと行ってくるね」

おばさんにそう言うと、

「行こ」

と葉菜さんは私を促した。

歩きだしてから葉菜さんは家のほうを自然な感じでふり返った。おばさんが家に戻ったことを確認すると、パッと腕から離れた。

怒られることを覚悟する私に、

「ごめん」

彼女はつぶやくような声で言った。

「え？」

「親しげにしちゃってごめん」

「私こそ、突然押しかけてしまってごめんね」

返事も聞かず、葉菜さんは近くにある公園へ急ぐ。

公園といっても芝生が広がっているだけで、遊具はひとつもない空き地。周りを散歩用の歩道が囲っていて、ウォーキングしている人がちらほら見える。

歩道にいくつか置かれたベンチのひとつに葉菜さんが腰をおろしたので、私も隣に座る。

「ちゃんと学校に行けてないこと、うちの親、すごく心配してるんだ。だから、友だちはいることにしてる。本当はいないのに。実月さんが近くのマンションだって知ってたから、たまにウソの話をしてた」

ああ、だから親しげな態度を取っていたんだ。

「ぜんぜんかまわないよ。もう友だちだし」

私の言葉に目を丸くした葉菜さん。けれど、すぐにその表情は曇ってしまう。

「芳賀先生に頼まれたから来たんでしょう？」

「え？」

「普通科に変わることを考え直してほしい、って……え、違うの？」

眉をひそめる葉菜さんは、やっぱり葵さんそっくりだ。

「葉菜さん、普通科に移っちゃうの？」

「うん」

と、ため息と一緒に葉菜さんはうなずいた。

「みんな知らないと思うけど、一時間目の途中くらいに登校はしてるんだよ。といっても、教室じゃなくて学習室へ直行してる。で、みんなの授業が終わる前にこっそり帰ってる」

週に一度くらいしか登校してないと思っていたから驚いた。

「それなら出席日数は足りてるんだよね？」

「でも、これからはムリなんだ。介護実習に行けそうもないから」

二学期からはグループに分かれ、介護施設での実習が本格的にはじまる。

ただでさえ、週に一回程度しか教室に顔を出さない葉菜さんには厳しいのだろう。

「葉菜さん、一年生の自己紹介のときに『介護の道に進みたい』って言ってたよね？」

「ああ」と懐かしそうに葉菜さんが目を細めた。

「ずっとなりたかったし、今もそう。でも、私にはその資格がないってことがわかった。だから、普通科に移るの」

地面をなめるように吹く風に、葉菜さんの髪が躍る。その姿が、孤独に捕らわれている葵さんと重なった。

「資格ならひとつはもう取ったよね？」

一年生のときに『介護職員初任者研修』という資格を取った。たしか、葉菜さんも取得できたはず。

「それに卒業すれば介護福祉士の受験資格だって――」

「違う」

強く否定したあと、葉菜さんは恥じるようにうつむいてしまった。

「違うの。その資格のことじゃなくて……。せっかく話してくれてるのにごめんね」

体を小さくした葉菜さんが、「私」と小声で続けた。

「死にたがりなの」

「……死にたがり？」

初めて聞く言葉だった。

躍る髪を押さえながら葉菜さんはうなずいた。

「早く死にたい、っていつも思ってる。介護の道に進めば、そういう気持ちも消えてくれるかもって思ってた。でも、そうじゃなかった。死にたい私が、生きたい誰かを支えられるはずないもん」

じゃあどうしてそんなに悲しそうなの？　瞳がうるんでいるのはなぜ？
聞きたい言葉をあえて呑みこんだのは、今は葉菜さんに話してほしかったから。

「介護の道を目指していた人がいたの。その人みたいに私もなりたかった。でも、もういない。その日からずっと、死にたがりなんだ」

きっと葵さんのことだ。

葵さんが亡くなってから、夢だけじゃなく生きる気力さえ失くしてしまったのかもしれない。

「でも、安心して。死んでるように生きてるだけで、自殺しようとは思ってないから」

「……うん」

ウォーキングしている人は、私たちを仲のいい高校生だと思ってるのだろう。まさか、死ぬことについて話しているなんて誰も思わない。

洟《はな》をすすったあと、葉菜さんはわずかに首をかしげた。

「どうして私に会いに来たの？　明日もテストなのに」

「ああ、うん……」

今度は私が話す番だと、背筋を伸ばした。

最初は葵さんのことをぜんぶ話すつもりだった。すべて話して拒否されたら仕方ないとも思っていた。

だけど、今は違う。生きることに絶望している葉菜さんを助けたい。

「明日の放課後、旧校舎に来てほしいの」

「え……？」

きょとんとする葉菜さんに、頭を下げた。

「ヘンなお願いだってわかってる。だけど、どうしても来てほしい」

「なんで、って質問してもいい？」

葉菜さんの声に顔をあげた。視線が合うと同時に、スッと目を逸らされた。

「今は言えない。でも、信じてほしい」

迷うように視線をさまよわせたあと、葉菜さんは鼻から息を吐いた。

「よくわからないけど、行くよ。でも、同じクラスの子と一緒とかはムリかも」

「ほかのクラスの男子とかは？」

「もっとムリ」

碧人について来てほしかったけれど、見たとたんに逃げ出してしまうかもしれない。

「じゃあ、ふたりきりで会おう」

葉菜さんの表情が少しやわらかくなった。

「でも、なんで旧校舎……あ、質問はダメなんだよね」

教室でのふさぎこんだ表情でも、おばさんの前で見せた作り笑顔でもなく、自然な笑みを浮かべている。

「葉菜さんの死にたがりを変えたいから。きっと、生きたがりに変えてみせるから」

そう言うと、葉菜さんは小さく笑った。

「初めてしゃべったけど、実月さんてなんかおもしろいね」

「碧人──あ、幼なじみの男子にはヘンっていつも言われてる」

ブスっとする私に、葉菜さんは「え」と短く言った。

「碧人って、スポーツ科の清瀬くんのこと？　実月さんと同じマンションの？」

「碧人のこと知ってるの？」

驚く私に、葉菜さんはあいまいにうなずいた。

「私立の中学に通ってたの。テニス部に入ってて、たまに男子の試合も応援に行ってて……」

その頬が暗がりでも赤く染まっている気がした。まさか、葉菜さんも碧人のことを……？

思ってもいなかった展開に、今度は私のほうが目を伏せてしまった。

「そうなんだ。碧人、テニスがうまいからね」

軽い口調を意識しても、つっかえては意味がない。

口を『あ』の形にして固まった葉菜さんが、ごくりとつばを呑みこむのがわかった。

「ひょっとして……清瀬くんとつき合ってたの？」

「まさか！」

秒で否定してしまった。

「あ、ごめん……。余計なことだよね」

うなだれる葉菜さんを見て、しまったと気づいても遅い。

ああ、なんで碧人の話題なんて出してしまったのだろう。

「そんなことより、明日のことのほうが大事だから」

強引に話題を戻しても、さっきみたいな穏やかな雰囲気は、もうない。

ぎこちないまま、その日は別れた。


テストが終わると同時に、教室の空気が一気に動き出す。

雄たけびをあげる男子、教科書をめくる音、椅子を引く音。たくさんの音が、波のように押し寄せてくる。

「もう最悪。苦労して覚えたところが一問も出なかった〜」

しょげる梨央奈を慰めながら、葉菜さんの席をさりげなく見ると、席を立つところだった。

このあとは研修旅行の打ち合わせがあり、半分のグループが教室に残る。私と梨央奈、葉菜さんのグループの説明は明日の放課後におこなわれる。

「今日はスーパーに寄ってくの？」

「もちろん行く。こうなったら、やけ買いしちゃうんだから」

乱暴に荷物をバッグに詰めこむ梨央奈に笑ってしまう。

「笑わないでよ。これでも落ちこんで――」

私に視線を戻したとたん、梨央奈が動きを止めた。気づくとクラスメイトもなぜか私のほうを見ている。

え、なに……？

横を見ると、いつの間にいたのか葉菜さんが立っていた。

「あ、葉菜さん」

「ちょっと職員室に呼ばれちゃって。少し遅れちゃうかも」

「わかった。じゃあ、先に行って待ってるね」

小さくうなずくと、葉菜さんは急ぎ足で教室を出ていった。

とりあえず約束は守ってくれるみたいでホッとした。

「ちょっと！」

梨央奈が私の肩をつかんで激しく揺さぶってきた。

「どういうこと？　なんでモッチとしゃべってるの？」

「モッチ？」

「持田さんのこと。勝手にあだ名つけてんの。って、そんなことはどうでもいいんだって。いつの間に知り合いになったのよ」

周りのみんなも気になるようで、特に三井くんは顔を近づけて私の返事を聞こうとしている。

「まあ、クラスメイトだし……。家が近いのもあって、ね」

あいまいに答えつつ廊下に目を向けると、ちょうど碧人が通りかかったところだった。目が合うと、バイバイと手をふって帰っていく。

絶対に幽霊に会わずに済んでホッとしているに決まっている。今朝、マンションの前で会ったときに、ふたりきりで会うことになったと伝えたところ、碧人は『残念残念』とウソをついていた。

「いいなあ」梨央奈の声に視線を戻した。

「あたしもモッチと仲良くなりたい。声、すっごくかわいかったね」

「うん」

「じゃあ、僕も」

三井くんがそう言うと、「あんたはダメ」とすかさず梨央奈が言った。

「こういうのはまず女子同士から。研修旅行が同じグループだから話しかけたかったんだよね」

普通科に変わることを知ったら驚くだろうな。ひょっとしたら梨央奈なら、葉菜さんを説得できるかもしれない。

「今度一緒にしゃべろうよ。葉菜さんのことを知れば、絶対に好きになるから」

「もちろん」

そううなずいてから、なぜか梨央奈は三井くんに目で合図を送った。三井くんもなぜかうなずいている。

「え、なに？」

違和感にそう尋ねると、梨央奈は肩をすくめた。

「こないだ、ひでじいと話してたんだよ。『最近の実月、前と違うよね』って。いい意味でだよ」

「そうそう」と三井くんも同意した。

「進化したっていうか、なにかを乗り越えたっていうか。そんな感じ」

そんな話をしていたなんて驚いてしまうけれど、身に覚えがないわけじゃない。

幽霊との出会いによって、考え方が変わったのは自覚している。ううん、幽霊だけじゃない。葉菜さんと話せたことも大きな一因だ。

みんな言葉にできないなにかを抱えている。重荷を取り除くことはできないけれど、一緒に支えられる私になりたい。そう思える自分になれた。

「褒め言葉だと受けとっておくね」

いつか梨央奈に、今起きていることを話したい。幽霊を信じない梨央奈だけど、真剣に話せば理解してくれるかもしれない。

「好きな人ができたとか言わないでよ。そういう話はごめんだからね」

釘《くぎ》を刺してくる梨央奈に、「まさか」と笑ってみせる。

碧人への想いを話せる日はくるのかな。恋愛の話になるたびに、『言ってはいけない』と心の声が聞こえてくる。

そして、また頭痛が音もなく顔を出す。

「恋なんてするわけないでしょ。梨央奈こそ、抜けがけしないでよね」

「恋はお金がかかるからしないの」

堂々と宣言する梨央奈に三井くんは呆れ顔だ。

廊下へ出て階段をおりる。踊り場でふり返る。下駄箱で見渡す。

いなくて当たり前だけど、つい碧人の姿を探してしまう。いつも、『よう』って突然声をかけてくる彼だからいるような気がした。

旧校舎に向かっていると、満月が真上に浮かんでいた。少しずつ青色になるにつれ、周りの景色も同じ色に変わっていく。

「集中しないと……」

今は葉菜さんと葵さんのことを考えよう。

旧校舎の裏手に回ると、葉菜さんが心細げに立っていた。ナイトも私を待ち構えている。

「待たせてごめんね」

「ううん。思ったよりも早く終わったから……。あの、ここでなにをするの？」

本当は屋上に着いてから話をしたかったけれど、さすがにこれ以上は引っ張れないだろう。

「葉菜さん、あの月が見える？」

頭上を指さすと、葉菜さんは小さくうなずいてくれた。

「昼間なのにはっきり見える。今日は満月なんだね」

「じゃあ、青色に見える？」

校舎も木も地面も、青い光に浸されていく。

葉菜さんは戸惑いを浮かべた表情のまま、首をかしげた。

「青色？　え、どうして？」

きっと青い月が見えないと、葵さんの姿も瞳に映らないだろう。でもどうやって、信じてもらえばいいのだろう。

「『青い月の伝説』という絵本があるの。『黒猫がふたりを使者のもとへと導く。青い光のなかで手を握り合えば、永遠のしあわせがふたりに訪れる』っていう話でね」

「黒猫って……」

葉菜さんがハッとしたようにナイトに視線を向けた。

「伝説でいうところの『使者』が私なの。これから一緒に屋上に行ってほしいんだ」

「え……冗談だよね？」

顔をこわばらせる葉菜さんの気持ちはわかる。いきなりこんなことを言われても戸惑うだけだろう。

「信じてもらえなくて当然だと思う。でも、本気で言ってる」

「どうして屋上に行かなくちゃいけないの？　実月さん、なんか怖い」

話すほどに葉菜さんの表情がどんどん乏しくなっていく。

「伝説は本当のことだから。今の葉菜さんにとって必要なことだから」

「言ってる意味がわからない。そんな話をするためにここに呼んだの？」

疑うような目が突き刺さる。

「会ってほしい人がいるの。葉菜さんのお姉さん……葵さんが屋上で待ってるから」

「は？」

葵さんも最初同じ反応だった。怒りに身をまかせた葵さんと違い、葉菜さんは笑ったかと思った次の瞬間、泣きそうな顔になった。

「なんでお姉ちゃんのこと……。ひどいよ、なんでそんなウソがつけるの？　お姉ちゃんは亡くなったんだよ」

どういう反応をしたらいいのかわからない。『受容』『共感』『傾聴』、授業で習ったどれも、この場にふさわしくない気がした。

「葉菜さん――」

「すごくつらくて悲しくて、いつも死にたいって思ってた。実月さんに声をかけられてうれしかったのに、うれしかったのに……」

水色の涙が葉菜さんの頬にこぼれた。

私が傷つけたんだ……。

「葉菜さん、あの――」

「こういうオカルトが嫌いなの。だから……ごめん」

踵を返した葉菜さんの前に、いつの間にかナイトが回りこんでいた。三日月のような瞳で葉菜さんをじっと見つめている。

「え……」

「お願いします」

フリーズしたように動かない葉菜さんの背中に頭を下げた。

「会えなかったら、二度と私と話をしてくれなくていい。だから、一度だけ、私を信じてください」

「……なんのために？」

青い光が濃くなるなかで、葉菜さんの声がした。

「葉菜さんの『死にたがり』を変えたいから。『生きたがり』にするって約束したから」

チャイムが鳴り響く。葵さんが葉菜さんを呼んでいるように思える。

信じていない葉菜さんには聞こえないのか、反応がなかった。

どれくらい黙っていただろう、葉菜さんがゆっくりとふり向いた。唇を噛みしめ、ハンカチで目を拭っている。

「にゃあ」

短く鳴いたナイトが、旧校舎の扉の前に進んだ。

「一度だけ……」

自分に言い聞かせるようにつぶやいた葉菜さんに、もう一度頭を下げた。

「葵さんに会いたい、って心から願って。そうすればきっと会えるはずだから」

「そんなの……ずっと思ってる。毎日毎日、そう思ってるから」

「わかった。じゃあ、行こう」

靴を手にして旧校舎に入ると、少し遅れて葉菜さんもついて来てくれた。

階段をのぼりながら葉菜さんをふり返ったけれど、目を合わせてくれない。静かな怒りと戸惑い、悲しみが伝わってくる。

屋上の扉を開けると、青い光で世界は満ちていた。

「え……なにこれ」

靴を履くのも忘れ、葉菜さんがふらふらと外に出た。

「どうなって……るの？」

あたりを見回していた葉菜さんが、満月と目を合わせた。『青い』と口が動くのが見えた。

「『青い月の伝説』が本当だったってこと？　じゃあ……お姉ちゃんが……」

屋上のはしっこに立つ葵さんが見える。ここからでも、すでに泣いているのがわかった。

「あそこで葵さんが待ってるよ」

「え？」

ふり返った葉菜さんが短く悲鳴をあげ、

「お姉ちゃん！」

と、大声で叫びながら駆けだした。

両手を広げる葵さんの胸に飛びこむと、ふたりはその場に倒れながら強く抱き合った。

「お姉ちゃん。お姉ちゃん……！」

「葉菜！」

青一色に染まる世界のなか、ふたりの泣き声が聞こえる。その光景は、まるで絵画のように美しかった。

体を離した葉菜さんが、確かめるように葵さんの頰に触れる。

「信じられない。お姉ちゃんに会えるなんて。私、私……」

声にならずに泣く葉菜さんを、葵さんはやさしい目で見つめている。葵さんの願いが叶ったことがうれしくて、気づけば私も唇を嚙んでいた。

「実月さん、ありがとう」

葵さんがそう言い、

「ほら、葉菜もお礼を言って」

お姉さんらしく促した。

「ありが……とう。ごめん……なさい。あり、がとう」

鼻声でくり返す葉菜さんに、首を横にふる。

「私こそ、強引に連れてきてごめん。でも、よかったね」

「うん、うん……！」

力強くうなずく葉菜さんが、また涙に崩れた。

葵さんがふと空を見あげた。

「そっか……青い月ってこういうことだったんだね。私、世界に色があることも忘れちゃってたみたい」

「お姉ちゃん……」

「葉菜に会いたかった。三年間、ずっとそればっかり考えてた」

「私もだよ」

胸で泣く葉菜さんをやさしい瞳で見つめていた葵さんが、私に視線を移し大きくうなずいた。

すう、と息を吸うようなしぐさをしたあと、葉菜さんの体を引きはがした。

「会いたかったのは、葉菜に言いたいことがあったから」

戸惑う葉菜さんを残し、葵さんは立ちあがる。葉菜さんも手すりにつかまり、腰をあげた。

「私に病名を告げられなかったこと、ずっと後悔してるでしょう？」

「あ……」

「お見舞いにももっと行けばよかった、ってことも思ってるはず」

そのとおりだったのだろう、言葉に詰まった葉菜さんは花がしおれたようにうつむいてしまう。

葵さんが「やっぱりね」といたずらっぽく葉菜さんの顔を覗きこんだ。

「きっと後悔してるんだろうな、って。昔から、なにかあるたびに後悔ばっかりしてたもんね」

「だって、だって……」

「正しかったんだよ。葉菜がしたことは正しかった。だって、早い段階で病名を聞かされていたら、私のことだから怒り狂ってたと思うもん。ね？」

私に尋ねられても、身に覚えがあるぶん答えようがない。

葵さんは、葉菜さんの頬を両手で挟むように包み、強引に顔を上にあげさせた。

「お見舞いだって同じ。毎日のようにＬＩＮＥくれたよね？　あれでじゅうぶんだったよ」

「でも……」

「でも、じゃない。お姉ちゃんがそう言ってるんだからそうなの。弱っている姿を見られたくなかったし、葉菜の前では最後までお姉ちゃんでいたかったから。わかった？」

「……わかった」

うなずく葉菜さんを見て、「よし」と葵さんは笑った。

私にはわかる。葵さんは、これが最後だって知っている。

だからこそ、必死でお姉さんらしくふるまっているんだ……。葉菜さんがこれ以上後悔しないように。

葉菜さんがすがるように葵さんの制服をつかんだ。

「お姉ちゃんに会いたかった。これからはここで会えるんだよね？」

一瞬、葵さんの顔がゆがむのがわかった。すぐに真顔に戻し、「見て」と真上の月を指さした。

「どんどん月の色が戻っていくのがわかる？　もう、行かないといけないの」

間もなく『青い月の伝説』の時間が終わろうとしている。薄くなっていく青色の向こうに、うっすらと周りの景色が姿を見せはじめていた。

「嫌……そんなの嫌だよ。お姉ちゃんといたい。ずっと一緒にいたい」

「私はもう死んでるんだからムリ」

「だったら私も死ぬ。お姉ちゃんと一緒にいられるなら――」

「バカ！」

葵さんがひときわ大きな声で叫んだ。ビクッと体を震わせた葉菜さんの肩を、葵さんはギュッとつかんだ。

「なんのために三年間もこんな場所にいたと思ってんの？　あんたに生きてほしいからに決まってるじゃない！」

強い口調で言ったあと、葵さんは校門のほうに視線を移した。

「ここでいつも葉菜のことを見てたんだよ」

「え……？」

「いつもひとりぼっちだった。ほとんど遅刻してきて、帰りも早退ばっかり。学習室で勉強してたんだよね？」

答えられない葉菜さんの髪を、葵さんがやさしくなでた。

「いつも死にたそうな顔をしてた。見るたびに思ったよ。お姉ちゃんのせいだ、って」

「違うよ。お姉ちゃんのせいじゃない」

「だったら、ちゃんと生きるって約束しなさい」

葵さんの願いが届くといいな……。けれど、葉菜さんは涙をポロポロこぼしながら、首を横にふるだけ。

困った顔の葵さん。もう月はほとんど青色を手放してしまっている。

葵さんの体が徐々に薄くなっているのがわかった。

「そんな……」と、葉菜さんが嗚咽《おえつ》を漏らした。

「嫌だよ。ずっとそばにいてよ。お願いだからどこへも行かないで……」

「葉菜さん」

そう呼びかけるのに勇気はいらなかった。

「うちの父も亡くなってるの。したいことがまだたくさんあったはず。だから私は、父の思いを引き継いで生きていこうって思ってる」

「……でも」

「葵さんも同じですよね？」

「そうだよ」と葵さんはうなずいた。

「福祉の道に進みたかった。誰かを支えたかった。誰かを支える家族のことも支えたかった」

ハッと顔をあげた葉菜さんに、葵さんはさみしそうにほほ笑んだ。

「それだけじゃない。お父さんやお母さんのことも支えたかった。もちろん葉菜のこともね」

「お姉ちゃん……」

「弱くてもいいんだよ。誰かを支えるのに強さなんて必要ない。同じ痛みを味わいながら、たくさんの人の味方になってほし……い」

　こらえていた涙がこぼれ、葵さんが「ああ」とうつむいた。

「最後までお姉ちゃんらしくいたかったのに、やっぱりダメだ」

　葵さんは洟をすすったあと、右手を差し出した。

「ほら、手をつなごう。私の勇気を葉菜にあげるから」

　葉菜さんが右手を持ちあげかけて、力尽きたようにもとの位置に戻した。

　時間がない。

「後悔したっていいんだよ。後悔は弱さじゃない。誰かの痛みがわかることで、強さとやさしさに変わるはず」

「お姉ちゃん……」

　葉菜さんが右手を差し出した。葵さんがその手を両手で包むように握りしめた。

「葉菜、ありがとう。会いに来てくれてありがとう」

　透けていく体に、葉菜さんは「私」と声をふり絞った。

「がんばる。お姉ちゃんと私の夢を叶えられるようにがんばるから」

「がんばり過ぎない程度にね。葉菜は真面目過ぎるから」

　いたずらっぽく笑う葵さんに、葉菜さんは頰をふくらませた。

屋上に光が戻ると同時に、葵さんの姿は溶けるように消えた。

その場でしゃがみこむ葉菜さんを、やわらかい光が包みこんだ。


トイレで鏡を見ると、昨日泣き過ぎたせいで目が腫れぼったかった。

まだ昨日の出来事が頭を何度もよぎっている。

『使者』の役をするのは二度目だけど、そうとう体力を使うみたい。朝からあくびが何度も出ている。

廊下は朝の光にあふれていて、目がチカチカしてしまう。

碧人がスポーツ科の教室に入る前に、ヒラヒラと手をふってきたので返した。

昨日の出来事をあとで話す約束をしている。

次の青い月は、一カ月後だと葵さんは言っていた。そのときは研修旅行に出かけているので、しばらくは穏やかな毎日が続くだろう。

ホッとしつつも、残念な気持ちも少しはある。使者は大変だけど、人を助けることで自分も救われる部分があり、この役目を好きになりはじめていたから。

教室に入ると、葉菜さんがすでに登校していた。前の席の女子と、メッセージアプリのＩＤを交換しているみたい。

「あたしもあたしも！」

梨央奈が駆け寄り、葉菜さんがおかしそうに笑った。

ああ、また泣いてしまいそう。

「実月さん」

葉菜さんがスマホを手にやってきたので、

「おはよう。昨日はよく眠れた？」

尋ねながらスマホを取り出した。

「寝過ぎて眠い感じ。でも、本当にありがとう」

「私は『使者』だからね」

クスクス笑ったあと、葉菜さんは「そうだ」と顔をあげた。

「こないだ、清瀬くんの話したでしょう？」

「あ、うん」

「なんか勘違いさせたかも、って気になってたの。あれ、違うから」

中学時代、葉菜さんが碧人を好きだったのかも、と疑ったんだ。最近のことなのに、ずいぶん前のことのように思えた。

「あのね」と、葉菜さんが上目遣いで見てきた。

「清瀬くんね、うちの叔父さんにそっくりだったの。見るたびに親戚に会ったみたいで恥ずかしくって」

「へえ、そうなんだ」

ホッとしつつも顔には出さないように気をつける。

「そこの家の犬もそっくりなんだよ」

「犬も!? すごい笑える」

碧人にそっくりな犬なら見てみたいものだ。

ひとしきり笑ったあと、

「ああ、よかった」

と葉菜さんが言った。

「なにが？」

「実月さんが元気で」

「それはこっちのセリフ。葉菜さんが元気でよかった」

空には丸い雲がひとつ。

葵さんは今ごろ、穏やかな気持ちで眠りについているのだろう。

「なんの話してんの？ あたしも入れてよ」

梨央奈がやって来るのを見て、葉菜さんが私の耳に顔を寄せた。

「私、『生きたがり』になってみせるからね」

小さな声でも力強く耳に届く。

「がんばり過ぎない程度にね」

葵さんの言葉をくり返すと、彼女そっくりな笑顔がそこに咲いていた。

第四章　いつかの友だち

学校から出られるのは最高だ。ナイトも現れないし、幽霊だって見なくて済む。気分がいいと空気まで美味《おい》しく感じるから不思議。

今日から二泊三日で奈良県に研修旅行に来ている。奈良県には初めて来たけれど、想像していたとおりの街だった。

お寺や神社がいたるところにあり、景観を守るために高い建物があまりない。観光客よりも多いんじゃないかというくらい、たくさんの鹿が街を歩いている。

研修旅行という名前はついているものの、行程表に記載されている内容は、軽めの修学旅行というイメージ。介護施設での実習は今日の午後だけで、明日の午前は講演会を聴講し、午後は観光。最終日は京都を観光してから帰るというスケジュール。

私のいる福祉科と碧人のスポーツ科では、研修先は違うものの、ホテルや観光では一緒になる。

最近は碧人と会う機会がどんどん減っている。碧人が引っ越してしまってからは、帰り道も違うし、当たり前だけどマンションで会うこともない。

旅行中に少しでも話ができればいいな……。

私のグループの研修先は、『ならまち』と呼ばれる古い街にあるデイサービス。朝、利用する高齢者をお迎えに行き、お風呂や食事、運動をして夕方に家まで送る施設だ。

グループメンバーは梨央奈と、葉菜と小早川さんの四名。施設の担当者がつき、到着早々業務の手伝いをしている。

が、なぜか私の担当者だけはデイサービスの職員ではなく、芳賀先生だ。

スタッフの人数が足りないそうで、梨央奈からは『くじ運がないね』と同情されてしまった。人見知りな私だから、知らない人についてもらうよりはよっぽど気楽だ。

「空野さん、ここからのぼり坂だから山本《やまもと》さんの体を支えてもらえる？」

いつもの黒ジャージ姿の芳賀先生が、先を行く山本さんのほうを見た。

昼食後の運動を兼ね、利用者である山本さんとならまちを散歩している。山本さんは八十五歳のおじいさんで、そうとう頑固っぽい。眉間には常に深いシワが刻まれていて、私が話しかけてもまるで無視。

この施設についたのはお昼前。山本さんがお風呂に入ることを拒否しているのに出くわした。昼食も『まずい』と言ってほとんど食べず。散歩に行く前も『杖《つえ》なんて持たん』と、ひとりで出ていこうとした。

「山本さん、危ないので腕を持ちますね」

「余計なことや」

関西弁でピシャリと言われたけれど、やはり年齢のせいか足元がふらついている。

「失礼します」

強引に脇に手を入れると、「離せ！」とふりほどこうとする。

「すみません。危ないので我慢してください」

「俺が転ぶと思ってんのか。バカにすんな！」

杖を渡すが、凶器代わりにふり回す山本さん。なにごとか、と道行く観光客が目を丸くしている。

困った。このままではふたりして転んでしまいそうで、仕方なく手を離した。

見かねた芳賀先生が、駆け寄ってきて山本さんに頭を下げた。

「山本さんがひとりで歩けることは見ていてわかりますが、空野さんの研修のためなんです。彼女が立派な介護員になれるよう、ご協力いただけないでしょうか？」

「なんで俺が協力せんとあかんのや」

「同じ教職者としてお願いしています。以前、教師をされていたんですよね？」

芳賀先生の言葉に、きょとんとしてしまった。

「山本さん、先生だったのですか？」

「昔のことや。中学校で四十年教えとった」

胸を反らす山本さんに、芳賀先生はホクホクとした笑みを浮かべた。

「私の大先輩ですね」

「あんたはまだ十年くらいか？」

「やだ。私、もっと歳取ってるんです。そんなに若く見えますか？」

「冗談に決まってるやろ。お世辞っちゅうやつや」

ニヤリと笑う山本さんに、

「ガハハ！」

芳賀先生はおかしそうにお腹を抱えた。

聞こえるように大きくため息をついてから、山本さんは私に左腕を差し出した。

「しょうがない。帰るまでやで」

「あ、はい」

おずおずと腕を持つと、

「持つならしっかり持たんかいな」

と、注意までしてくる。

なだらかな坂をゆっくりと歩く。電話がかかってきたらしく、芳賀先生は立ち止まってなにやら話しこんでいる。

「ここも変わってしもうた」

山本さんがボソッと言った。

「奈良県は観光の街やけど、ならまちに人はおらんかった。商人の街として栄えとったが、今じゃこじゃれた店ばっかりや。おまけにデイサービスまであるしな」

ならまちは初めて来たけれど、古い町並みのなかに新しい店が混在しているイメージ。長屋と呼ばれる古い家の隣にかわいい雑貨屋さんがあったりして、平日なのに観光客でにぎわっている。

どう答えていいのかわからないでいると、山本さんは「ふん」と鼻を鳴らした。

「古いものは淘汰《とうた》されていくんやろうな。俺も同じや。デイサービスなんか行きたくないのに、家におられちゃ邪魔なんだとよ」

『淘汰』の意味はわからないけれど、言いたいことはなんとなく理解できた。

「デイサービスが嫌いですか？」

「大嫌いや。そやけど、『デイサービスに行かへんかったら施設に入れるで』って息子が脅してくるから、しょうがなく来てやってる。こうなったら家出するしかないな」

「……………」

「そこは笑うとこやで。ま、関西人やないからしゃーないな」

さっきよりも表情も言葉もやわらかくなっている。芳賀先生が山本さんの怒りを収めてくれたおかげだろう。

「受け入れるしかないんや。人も街も、時代とともに変わっていくからな」

山本さんは、さみしさをごまかすために強気でいるしかなかった。自分はほかの人とは違う、と思いたいのにどんどん体は動きづらくなって……。

「堂々としていればいいと思います」

気づけば勝手に言葉になっていた。

「山本さんもこの街も、古くなんかありません。時代を作ってきた大切な存在です。でも、堂々とするためにも、デイサービスで運動は続けてほしいです。あと、キレイでいるためにはお風呂も──」

そこまで言ってハッと口を閉じた。なにを偉そうに言ってるんだろう。

気分を悪くしたかもしれない。いや、しただろう。

「すみませんでした」

シュンとする私に、山本さんが「ほら」と細い道の先にある一軒の店を指さした。

見た感じは古い町屋の建物だけど、のれんに『和音《わおん》食堂』と書かれている。

「あそこは朝食専門の店やで。おもろい店主がいてな、たまに息子に連れて来てもらってる。最近、店の子と結婚したんやって」

その横顔がやさしく見えた。

「町家の見た目はそのままに、中身だけ改装してる。俺ら老人も中身を変えていかんとあかんのやろうな」

そう言ったあと、山本さんは私をチラッと見た。

「誰かさんが余計なことを言うから風呂に入りたくなったわ。今から戻っても、間に合うもんやろか？」

「きっと大丈夫ですよ。なんなら私が手伝います」

「研修生になにができるんや」

言葉は厳しいけれど、シワだらけの顔をくしゃっとして笑っている。

歩きだすと、遠くの空に真昼の月が見えた。

そっか、もうすぐ青い月が出るんだった。あの旧校舎に取り残された人が待っているかもしれないと思うと胸が痛んだ。同時に頭痛も少し顔を出している。

罪悪感を持っても、さすがにここから旧校舎に行くことはできないけれど。


ホテルにつくころには、奈良の街は夕闇に包まれていた。

猿沢池《さるさわいけ》と呼ばれる大きな池のほとりに建つホテルに私たちは泊まるそうだ。

今は班ごとに部屋のカギをもらっていて、私のグループは梨央奈が代表。ほかのメンバーはお客さんの邪魔にならないよう旅館の外で待機している。

猿沢池のほとりにあるベンチに座っていると、誰かが隣に座った。一瞬、碧人かもと期待してしまったけれど、違った。

「お疲れさん」

芳賀先生は座るなり、足をガバッと開いた。黒ジャージのせいで、散歩にでも来たみたいに見える。

「今日はありがとうございました」

「どうなるかと思ったけど、山本さんとけっこう仲良くしてたね。お風呂も入ってくれたし」

口からあくびを逃がしながら芳賀先生が言った。

「芳賀先生のおかげです。山本さんから教師をしていたころの話、たくさん聞かせてもらいました」

「急に来た人に介助されて、怒っちゃう気持ちもわかるよね。明日からはもう会わないわけだし」

幽霊との出会いによく似ている。長い時間あの場所に捕らわれた人の心をほどくには、誠心誠意対応しないと。

いや、もう六月だから会えるチャンスはないのかもしれない。夏休みになったら旧校舎は取り壊されてしまう。

「生きている人にちゃんと接しようと思いました」

「生きている人？」

きょとんとする芳賀先生に、なんでもない、と急いで首を横にふった。

「すべての人に、しっかり接します」

「いい心がけね。ほかにも反省点はある？」

顔を向けてくる芳賀先生。

「山本さんの個人ファイルをしっかり見ていませんでした。あとで見たら、教師だったことも、お風呂嫌いなことも書いてありました」

ファイルには山本さんの情報が詰まっていた。仕事のことや病気のことだけじゃなく、家族関係や好きな食べものまで。

「まずは情報が大事。そこから援助する方法を見つけるの」

「はい」

芳賀先生がじゃれ合っている男子に「こら！」と注意しに行った。スポーツ科の生徒が制服を着ているのは珍しい。

碧人はどこにいるんだろう。会う機会が減ってからは、前よりもずっと碧人のことを考えている。廊下に、校門に、帰り道にその背中を探してしまう。

幼なじみとしての会話が歯がゆかったけれど、今となってはかけがえのない時間だったとわかる。宝物のようにキラキラした時間は、もう戻らない。

あきらめたほうがいいのかな……。

これまでも何度もあきらめようとしたけれど、そのたびにあきらめることをあきらめてきた。

今、心のなかで小さな決心が生まれている。

碧人への気持ちを、手放すときが来たのかもしれない。

幽霊になった人は、思い残しに苦しんでいた。私だって今、死んでしまったら確実に幽霊になるだろう。それよりも、恋のフィルターをはずし、昔みたいに碧人となんでもないことで笑い転げたい。

でも……この気持ちを覚えていたい自分もいる。ああ、なんてややこしい感情なのだろう。

「ため息なんかついて、どうかした？」

「ひゃあ！」

思わず悲鳴をあげてしまった。目の前にいつの間にか碧人が立っていた。

「え、いつの間に？」

「声かけたのにボーッとしてるから。てか、みんな見てる」

悲鳴をあげたせいで注目を集めたらしい。碧人がホテルの裏側へ向かったのでついていくことにした。

白いシャツがまぶしくて、背の高い碧人によく似合っている。

碧人の存在はどんどん大きくなって、逆に自分はちっぽけだと思ってしまう。そんな恋を、ずっとしてきた。

あきらめようという決意が早くも揺れている。

「ここなら誰にも見られないはず」

碧人が足を止めた。誰かに見られたって、私はかまわないのに。

「そっちの研修はどうだったの？」

だけど、私はなんでもないように尋ねるの。好き、の気持ちが漏れないように。碧人にだけはバレてしまわないように。

「部活によって違って、テニス部と野球部は最新のAI技術について勉強しに行った。でかい会社でさ、設備がすごかったよ。ま、俺は元テニス部って立場だから、居心地が悪かったけどな。福祉科は実習だっけ？」

「すごく勉強になったよ。梨央奈なんて、最後の挨拶のときに号泣してた」

そう言ってから、梨央奈が碧人のことを覚えていなかったことを思い出した。

「あ、梨央奈っていうのはクラスメイトで――」

「七瀬梨央奈さん。実月の親友だろ？　それよりさ、気づいてた？」

碧人が人差し指を上に向けた。

空には楕円形《だえんけい》の月が浮かんでいて……。

「あっ！」

気づかなかった。月がほのかな青色に変化している。

「俺もさっき気づいたとこ。こんな場所でも青い月が見られるんだな」

「じゃあ、今ごろ旧校舎に誰かいるんだね」

「さすがに行ってやることはできないけどな」

碧人は腕を組み、残念そうに言っている。

「どっちにしても碧人は幽霊が怖いからムリだもんね？」

「ないない。怖いと思ったことは一度もない」

言葉をくり返すのは、ウソをついている合図。自分でも気づいたのだろう、碧人は「いや」と首を横にふった。

「幽霊を手伝いたい気持ちはあるけど、俺も余裕なくってさ」

「普通科に変わるのはいつから？」

碧人は、テニス部を辞めてしまった。先週、『普通科に移る』と言われたけれど、それも決定してから報告された。

「今、担任と話し合ってるところ」

「ケガの後遺症、ひどいの？」

「平気平気」

また、ウソをついている。

やっぱり私には相談はしてくれないんだ……。落ちこみそうになるけれど、こうして話ができただけでもうれしいと思わなくちゃ。

そろそろうちのグループが部屋のカギをもらう時間だ。

「じゃあ、またね」

いつものように軽い口調で言った。

やっぱり碧人をあきらめることなんてできない。そんな自分が、少しかわいそうに思えた。


小早川さんは不思議な人。

教室ではほとんどしゃべらないし、長い前髪に隠れるようにうつむいていることが多い。

けれど、今日の実習ではぜんぜん違った。前髪を耳にかけ、ニコニコと元気よくデイサービスを利用している人と話をしていた。

「コバヤンって二重人格なわけ？」

ホテルの部屋で梨央奈が急に尋ねた。どうやらあだ名をつけたらしい。

ちなみに梨央奈は私と知り合って早々に『ミッツ』と呼んできたけれど、すぐに却下している。あきらめずに何度もその名前で呼んできたけれど、根気よく修正したことで今では普通に名前で呼んでくれている。

お風呂も終わり、明日の研修報告会での資料をまとめている最中だった。

部屋は広い和室で、窓からは猿沢池が見下ろせる。足の短いテーブルの向こうには布団が四組敷かれている。

「いえ……そんなことはありません」

向かい側に座る小早川さんがおずおずと答えた。もう前髪はおりてしまっている。テーブルの上には今日のレポートが置かれていて、私たちの倍以上の文字で埋まっている。

「だって教室にいるときとぜんぜん違うし。双子の妹とすり替わってんのか、って思ったくらい。めっちゃ利用者さんとしゃべってたじゃん」

ね、と梨央奈が私に同意を求めてきた。

「すごく楽しそうだったし、頼りがいがあったよ。私がおやつの介助の仕方を迷っていたときも助けてくれたよね？」

小早川さんはもう、うつむいてしまっている。

浴衣が気になるのか、斜め前に座る葉菜は胸元をたぐり寄せつつ、

「あのね」

と隣の小早川さんに体ごと向いた。

「小早川さんの気持ちが少しわかるよ。私も、本当に心を許した人としか話せなかったから」

葉菜はお姉さんと旧校舎で話をしてから変わった。教室に来るようになったし、クラスメイトとも今までがウソのように話をしている。

私との距離も近づき、今では呼び捨てで名前を呼び合う仲になった。

「それくらい、介護が好きなんだよね？」

葉菜がそう言うと、少し遅れて小早川さんはうなずく。

「好き、というか……それしかないから」

「初めて会った人にあんなににこやかに接することができてすごいと思った。私も見習わなくちゃ、って反省してたところ」

葉菜の言葉に、小早川さんは恥ずかしそうに首を何度も横にふった。

梨央奈が手鏡をテーブルに置いた。梨央奈は明日の準備よりも、肌の手入れが大事な様子。テーブルの上に化粧水や美容液、クリームを販売でもしそうなくらいたくさん並べている。

「あたしもコバヤンを見てたら、介護っていいかもって思っちゃった」

「私の話はもういいです。逃げ出したくなります」

顔を真っ赤に染める小早川さんにみんなで笑った。少しだけ距離が近づいた気がした。

「ご飯はイマイチだったね。デザートもなかったし」

夕食が不満だったらしく、梨央奈はずっとぼやいている。

「売店になにか買いに行く？」

葉菜の提案を、「まさか」と秒で梨央奈は却下した。

「こういうところは法外な料金設定なんだよ。モッチも絶対に買っちゃダメだからね」

法外ではないと思うけれど、普段から節約している梨央奈には耐えがたいのだろう。

「チョコレートなら持ってるけど食べる？」

小型のトランクには、それ以外にも飴《あめ》やガムを忍ばせている。

「さすが実月。お願い、あたしに糖分を補給して」

「了解」

部屋の隅にまとめてあるトランクへ向かう。あれ、リュックのほうに入れたような気もする。リュックのなかを先に探してみるが、甘いものは入ってなかった。

「やっぱりトランクか」

ジッパー式のトランクはこの研修旅行のために買ってもらった。小型なのに容量が大きくてお気に入りだ。

トランクを開けると、なにか黒いものが目に飛びこんできた。

こんな色の洋服なんて入れたっけ……。

触ってみると、やわらかくて温かい。

「……え？」

「にゃお」

ぐいんと背伸びをしたのは――ナイトだった。

「ウソでしょ!?」

大声で叫ぶ私に、なにごとかと梨央奈が首を伸ばした。

「え、猫？　まさか、実月連れてきちゃったの？」

「うちの猫じゃないし。でも、なんでナイトがここにいるのよ」

荷物を詰めたのは家でだから、入ることはできなかったはず。学校に集合したときだって開けていないし、そもそも実習先で何度か荷物の出し入れをしたときだって……。

そこで考えることをあきらめた。雨だってすり抜けられるナイトだから、忍びこむことだって簡単にできたはず。

ナイトはテーブルにひょい、と乗るとみんなに愛想をふりまいている。

「えー、ナイトくんついてきちゃったんだ。この間はありがとうね」

葉菜が頭をなでると、気持ちよさそうに目を閉じるナイト。

ペットが荷物に入ってた、という話は聞いたことがあるけれど、研修旅行先でというのはかなりまずい。しかもあと二日間もあるし。

「しょうがない。とりあえず芳賀先生に言ってくる」

立ちあがると同時に、ナイトが部屋のドアの前に先回りして立ちふさがった。

「ちょっと通してよ」

「シャーッ！」

毛を逆立てるナイトに、がっかりする。

ああ、最悪だ……。せっかくのいい一日が台無しになってしまった。それどころか、この先の二日間も悪い展開しか予想できない。

「あの」

それまで黙っていた小早川さんが口を開いた。

「たぶん意味があるんだと思います」

「意味？」

「ナイトさんは、空野さんに頼みたいことがあってついてきたんです」

机とにらめっこしながら言う小早川さんに、梨央奈がクスクス笑った。

「コバヤン、ウケる。そんなわけないでしょ」

「それがあるんです」

小早川さんはスッと立ちあがったと思ったら、窓のカーテンを開いた。

「空野さんには見えていますよね？　空に青い月が出ています」

まさか青い月の話が小早川さんから出ると思っていなかったから絶句してしまう。

「青い月？」と梨央奈が空を見あげてから首をひねった。

「どこが青いのよ。普通のお月さまじゃん」

「今回は私も見えないみたい」

葉菜も同じ反応だ。

「まだ薄いですが、これからどんどん青色が濃くなると思います」

さっきまでの小声ではなく、はっきりと小早川さんは言う。

「これまでも青い月が見えていたの？」

まさかの発言に、おそるおそる尋ねた。

「数年前から見えるようになりました。おそらく明日は朝から青い月が空に浮かぶのでしょう。この街のどこかに使者を待つ人がいるという証拠です」

「え……なんで知っているの？」

質問しか出てこない私に、小早川さんはうなずいた。

「『青い月の伝説』に出てくる使者のことです」

「うん……」

カラカラに乾いた声でうなずくと、小早川さんはナイトの頭をそっとなでた。

「この黒猫は幽霊です。おそらく強い力を持っているから、私たちにも見えるのでしょう。そして、使者は空野さん、あなたですよね?」

前髪の間にある瞳が、まっすぐに私を見つめている。

「にゃん」

と、代わりにナイトが答えた。


講演会を抜けるのは意外に簡単だった。

小早川さんの具合が悪くなったことにして、私が部屋までつきそうという作戦で、考案者は葉菜。

先生にも余裕がないのだろう、あっさりと解放され、ふたりでホテルの部屋に戻った。

聞きたいことがたくさんあったけれど、ゆうべは梨央奈が『幽霊の話はやめて!』と拒否したのでできなかった。

部屋に戻ると、ナイトが布団で丸くなって寝ていた。

「昨日は突然あんな話題を出してしまい、申し訳ありませんでした」

テーブルを挟んで座り、すぐに小早川さんは口を開いた。

「すごく驚いちゃった。私と碧人以外——スポーツ科の幼なじみなんだけど、ふたり以外の人には見えてないと思ってたから……」

「葉菜さんからも話を伺いました。彼女が教室に通えるようになったのは、お姉さんに会わせることができたからだそうですね」

「葉菜はあの日、青い月が見えたの。てことは、小早川さんも会いたい人がいる、ってこと？」

「いえ」

短く答えてから、小早川さんは言葉を探すように天井に目を向けた。髪で隠れていたかわいらしい瞳が見える。

「祖母が亡くなったときは病室で見送ることができましたし、ほかには身近で幽霊になったと思われる人はいません」

「じゃあ……」

「亡くなった祖母は霊感の強い人でした。その影響でしょうか、私も小さいころからたまに幽霊らしきものが視えてしまうんです」

指先で前髪を何度もなでたあと、小早川さんは肩で息をついた。

「道を歩いていても、駅前にいても学校にいても、うっすらとした影のようなものが視えてしまいます。強い思い残しがあった人にいたっては、生きている人と見た目も変わらず、話までしてくる人も。でも、祖母以外、誰も信じてくれませんでした」

「そうだったんだ……」

小早川さんが布団の上で伸びをするナイトに顔を向けた。悲しそうな瞳が前髪の間にあった。

「祖母が『青い月の伝説』の話をしてくれました。『瞳《ひとみ》は——』、あ……私の名前です。『瞳は使者になる役割があるんだよ』と。でも、私は拒否しました。幽霊なんて見たくないし、自分のことで精一杯だから、そんなことできないって」

青い月が出る日だけじゃなく、普段から視えているとしたらそういう気持ちにもなるだろう。

「でも、それ以来、青い月が見えるようになったんです。これまで以上に幽霊もはっきりと視えるようになりました」

なんと言えばいいか迷っていると、小早川さんは自分の前髪を指さした。

「だから、なるべく周りが見えないように壁を作ることにしたんです」

「そうだったんだ……。気づいてあげられなくてごめんね」

「言ってなかったから当然です」

深いため息をつき、小早川さんは窓辺に移動した。

真昼の月は青く、奈良の街を薄青に染めている。

「黒猫……ナイトさんは空野さんを導く役割。おそらく、この街にいる誰かに会ってほしいのでしょう」

「にゃん」

そうだ、とナイトが同意した。

「困るよ。研修旅行中に抜けることなんてできないし」

「今だって抜けてきたじゃないですか。やろうと思えば不可能じゃないです」

そんなことを言う小早川さんに顔をしかめてしまう。思ったよりも積極的な性格らしい。

「でも、この街のどこに幽霊がいるのかはわからないし、それに、幽霊が会いたい人だって見つけなくちゃいけないでしょう？」

「え？」

きょとんと小早川さんが首をひねった。

「ご存じないのですか？　青い月の真下に幽霊が現れるって祖母は言ってましたが」

「真下？　あ、ほんとだ」

言われてみれば、幽霊に会う日の月は、毎回真上で輝いていた。

そうだったんだ……。

ナイトの前に膝をつくと、彼は優雅に毛づくろいをしている。

「そもそもなんで私なの？　もっと時間とか余裕のある人を使者にしたほうが効率的

だと思うよ」

いつものように無視を決めこむナイト。小早川さんが「私も」と、隣に座った。

「使者の役割はずっと続くのですか？　何回かこなしたら、幽霊そのものを視えなくしてもらうことはできませんか？」

「にゃん」

それには答えるんだ……。

「え、何回か使者をすれば視えなくしてくれるってことですか？　一回ですか？」

ナイトが琥珀《こはく》色《いろ》の目で小早川さんを見つめている。

「じゃあ、二回？」

まだ動かない。

「三回？　え、もっと？　それじゃあ四回ですか？」

「にゃん」

ゆっくりまばたきをしたナイトに、小早川さんは「本当に？」とかすれた声になる。

「四回使者になれば、幽霊そのものが視えなくなる？　ウソじゃないよね？」

いつもの敬語も忘れ、小早川さんは興奮した様子で頬を赤らめている。

「でも」と、私はふたりの――ひとりと一匹の会話に割りこんだ。

「旧校舎は夏休みに取り壊されるんだよね？　ひょっとして、旧校舎がなくなっても、使者をしなくちゃいけないの？」

ナイトは『当たり前だ』と言いたげに、ゆっくりまばたきで返してきた。

そんな……。てっきり逃れられるとばかり思ってきた。

「きっとそうですよ。幽霊はどこにでもいます。奈良までついてきたということは、そういうことなのでしょうね」

感心したように小早川さんは何度もうなずいている。

「ナイト、私は？　私も四回で使者としての役割は終わるの？」

「にゃん」

ふたりで顔を見合わせた。

「私は今、二回使者になったよね？　じゃあ、今回を入れてあと二回でいいんだ……」

「私も」と小早川さんはつぶやいた。

「今から使者の役割をすれば残り三回。それで解放されるんです」

だとしたらやるしかない。

無意識にお互いの手を握り合い、うなずき合った。

作戦の実行はすみやかに、かつ、大胆に。

午後からの奈良観光では、事前に決めたルートどおりに最初は動く。

奈良の大仏、春日大社《かすがたいしゃ》を見学したあと、電車で平城宮跡《へいじょうきゅう》へ。奈良駅に戻り、商店街で買い物をしてから最後はならまちの散策。

最初の大仏殿に入る前に、小早川さんが再び体調不良になったことにする。先生への連絡は、私たちがいないことがバレたときに『今、電話するところでした』と、梨央奈が演技をすることに。

ホテルに戻らないと怪しまれるので、バレたという連絡がきた時点で終了だ。

「雨が降りそうじゃない？」

大仏殿の前で梨央奈が空をにらんだ。

「ほんとに月なんて出てるの？」

やっぱり梨央奈と葉菜には、見えていないみたい。昨日よりも濃い月が、雲の間で存在感を増している。

「出てるよ。前は雨が降ってても月が出てたし」

経験者である葉菜が言った。

ふたりにはさっき、奈良でも幽霊に会わなくちゃいけないことを話してある。葉菜は納得してくれたけれど、幽霊を信じない梨央奈は渋々同意してくれた感じ。

「バレたらすぐに電話するけど、そっちも目立たないようにやってよ。あと、これサンキュ」

大仏殿の入場券をヒラヒラとふる梨央奈。協力金として私と小早川さんでふたりに買ってあげたものだ。ちゃっかりしてる。

「うまくいくといいね。小早川さんもがんばって」

葉菜の言葉に、小早川さんは消え入りそうな声で「はい」と答えてからあたりを見渡した。

「ナイトさんはどこへ行かれたのでしょう？」

今朝からナイトの姿が見えないことを心配しているみたい。

「たぶん伝えたいことは伝えたから、あとは現地で待ってるつもりじゃないかな」

斜め前の上空で雲の切れ間から月が顔を出している。ここからそう遠くはなさそうに思える。

ふたりに別れを告げて歩きだす。先生に声をかけられたら、とりあえずトイレに行くところだったことにしよう。

観光客が川の流れのように大仏殿へ向かっている。エサをもらおうと、鹿が右へ左へ歩いている。

「これから幽霊に会いに行くなんて、誰も思わないよね」

「ですね。自分でもまだ信じられません」

神妙な顔でそう言ったあと、小早川さんがチラッと私に顔を向けた。

「でも、不思議です。幽霊はたくさんいるのに、どうして毎回ひとりだけが対象なのでしょうか？」

「小早川さん、今も視えているの？」

小早川さんは小さくうなずくと、広い車道を指さした。

「あそこにモヤみたいな影が。そして、あっちには……」

と、今度は横断歩道を指す。

「子どもの霊が視えます。パッと見た感じだと生きている人間と相違ありませんが、体の輪郭がぼやけているので幽霊だとわかります。強い思い残しがあるのでしょうね」

たくさんの幽霊が視えてしまうなんて、きっとつらいこと。

「大変だったんだね。私も前までは幽霊なんて信じてなかったけど今は違う。葉菜だって同じ。もう、ひとりぼっちじゃないよ」

とにかく使者として四組を引き合わせればいいのだから。

「ありがとう。実月さんは――あ、空野さんはあとふたりですもんね」

「実月って呼び捨てでいいよ。私も、下の名前で呼んでいい？」

「あ、はい……」

モジモジと体をすぼめる彼女に、

「瞳」

と呼んでみた。

ビクンと体を震わせたあと、小早川さんが、

「……実月」

とささやくように言ってくれた。

「ふふ。なんか楽しくなってきちゃった」

「私も」

リンゴみたいに顔を真っ赤にする瞳に、胸がキュンキュンしてしまう。

苦手な人でも、話をするとわかり合えることがある。幽霊との出会いによって、教えてもらった気分だ。

碧人との距離が離れた今、友だちと呼べる人が増えたことが心強い。いつか、私の恋について話せる日が来るといいな……。

「あれ？」

思わず足を止めていた。

「いけない。碧人に言うの忘れてた」

使者になることが、どう定義されているのかはわからないけれど、四回使者になれば、碧人にだって幽霊が見えなくなる。

でも、スマホのない碧人と連絡を取るのは難しい。碧人も青い月に気づいているだ

ろうから、きっと来てくれるよね……。

「碧人さんって、スポーツ科の生徒ですよね？」

「幼なじみでね、青い月は最初、碧人とふたりで発見したの。碧人も一回は使者として……あれはどうなんだろう？　回数に数えてもらえるのかな……」

「碧人さんと一緒にナイトに聞いてみてはどうでしょうか？」

「そうなんだけどね……」

碧人のことを考えると、胸に温度が灯《とも》る。顔を見ればうれしくて勝手に笑顔になる。そして、そのあとはさみしくなる。

もう三年間も同じ感情をくり返している。

「碧人さんのことが好きなんですよね？」

「まさか」

以前はこういう質問をよくされた。そのたびに自然に心外な顔を作れている。

「ただの幼なじみ。それ以上でもそれ以下でもないし」

ウソだ、と指摘するように頭がズキンと痛みを覚えた。

あきらめようと決めても、思ったとおりにはいかない。心についたウソが、体にまで影響を及ぼしているような気分だ。

「そういうの、私にはよくわかりません。でも、実月さん――実月のこと、応援します」

「だから、そういう関係じゃないって」

頭痛をふり切るように足早に歩くと、青い月はもうほとんど真上にあった。

「え、ここって……」

見覚えのある景色に戸惑う。

なだらかな坂に見覚えがある。昨日、山本さんと散歩をしたならまちだ。

「ここなら、ふたりともあとで合流できますね」

前髪をかきわけ、瞳は周りを観察している。そして、坂道の先で視点を止めた。

「あの、碧人さん……」

またその話？　いぶかしげに前方に目を向けて驚いた。

ポケットに両手を突っこんだ碧人が、こっちに向かって歩いてくるのが見えた。

「おふたりでいるところを何度か見ました。あの人、碧人さんですよね？」

「……うん」

碧人は私たちの前に来ると、

「よう」

と、いつものように挨拶をしてから、瞳に目を向けた。

「あの……こんばんは——こんにちは。小早川です」

ペコリと頭を下げ、瞳は私のうしろに隠れてしまった。

「初めまして。碧人って言います」

興味深げに瞳を見ていた碧人が、やっと私に視線を合わせてくれた。

「まさか旅先で青い月を見てしまうなんて。まあ、観光とか興味がないからいいけど」

「抜けてきたの？」

「そっちこそ。体調不良って作戦だろ？」

「まあね」

「考えることは同じってことか」

苦笑する碧人。旅行中、あまり会えなかったから素直にうれしくなる。

「あ、そうだ。新しいことがわかったの。使者を四回やれば、役目が終わるんだって。ね？」

瞳に同意を求めたけれど、見知らぬ男子が怖いらしくうしろで震えている。

「何回でもいいけど。こういうの楽しいし」

ポリポリと頬をかく碧人に、胸がズキンと音を立てた。

「幽霊が怖いくせに」

気づかれないように強い口調で言えば、もっと胸が痛くなる。

「ないない。ちょっと、ビビっただけ。それより、小早川さんも使者ってこと？」

「はうっ」

うしろでヘンな声がした。

「瞳は霊感が強いの。昔から幽霊が視えていたんだって」

代わりに答えると、うしろでブンブンと首を縦にふっている。

「幽霊が視える？　それって本当に？」

「……視えます。はっきり視えるんです」

首だけひょいと出した瞳が、すぐにまた隠れた。

「それじゃあ大変だ。じゃあ、今回はふたりに譲ることにしよう」

「別に何人でやってもいいでしょ」

「じゃあ、案内するところまで協力することにしよう。それだって一ポイントもらえるはずだし」

そう言うと、碧人はさっさと前を歩いていく。

坂道の先に、神社の鳥居が見えた。赤色がほとんど剥《は》げてしまっていて、奥に見える本殿は鳥居の大きさに反し、かなり小さい。

「たくさん幽霊がいるはずなんだけど、どうしてひとりだけの案内をするんだと思う？」

うしろから尋ねると、碧人は「へ？」とふり向いた。

「学校の関係者の霊だからじゃないの？　俺、てっきりそう思ってた」

「関係者？　でもここ、奈良だよ？」

「わかってるよ」

あ、機嫌を悪くしたかも。そう思った次の瞬間、ふり向いた顔が笑っていたのでホッとした。

「おそらくこのあたりで亡くなった人はこの神社に来るのかも。そのなかに、俺たちの高校に関係している霊がいるんじゃないかな」

そのときだった。

——ガラガラ。

空気を震わすような鈴の音が聞こえた。碧人と瞳がハッと音のしたほうへ顔を向けた。

本殿につけられている鈴の音だと気づくのと同時に、これがチャイムの代わりだとわかった。

鳥居の下に誰かが立っている。制服を着ている女子生徒に見えるけれど、私たちとは違いセーラー服姿だ。

ここからでも輪郭がぼやけているのがわかる。

「どうしよう……」

瞳が制服の背中をギュッと握った。

見ると、さっきよりも青い顔でガタガタと震えている。

「たくさん、います。鳥居の向こうにたくさん……」

「え？　あ、そうか……。瞳はほかの幽霊も視えてるんだね？」

「私、ムリです。怖くて……」

足を止めた瞳が、足を踏ん張り動かなくなってしまった。

「俺が呼んでくるから待ってて」

そう言うと、碧人はダッシュで鳥居に駆けていく。

私はここにいたほうがいいだろう。

「瞳、大丈夫？　ちょっと座る？」

「これ以上近づかなければ大丈夫です。碧人さんに申し訳ないことをしました」

「ああ言いながら、本人もけっこう怖がってるからね」

シュンとする瞳の肩を抱いた。

「……いい人ですね、碧人さん」

「だね」

今、『好きか』と尋ねられたら、うなずいてしまっていただろう。碧人は鳥居の下にいる女子生徒に声をかけている。

少し緊張しているのだろう、表情も声も硬いのが伝わってくる。

「にゃん」

いつの間に現れたのか、足元にナイトがいた。

「やっぱり来た。今回は三人とも一回ぶんとしてカウントだからね」

澄ました顔で神社に目を向け、ナイトはあくびをしている。

聞いてるんだか聞いていないんだか……。

「なあ」と、碧人が戻ってくると、私ではなくナイトに目を向けた。

「佳代《かよ》さん、神社から出られないんだって。なんとかなる？」

旧校舎から出られないように、あの幽霊も神社に閉じこめられているのだろう。

しっぽをアンテナのように立てたナイトが鳥居に向かって歩いていった。

「あの子、佳代さんって言うの？」

「そう言ってた。もう二十年以上もの間、あそこに立ってるんだって」

「え……二十年も？」

碧人は腕を組み神妙な顔でうなずいた。

「正確な年数は覚えてないんだって。で、佳代さんもやっぱり同じ高校だった。うち、制服変わったんだろうな」

そんな長い期間、あの場所に居続けていたなんて想像もできない。よほど強い思い残しがあるのだろう。

ナイトが佳代さんの前にちょこんと座るのが見えた。

「不思議な猫ですね。霊感のない人にまで見えるのは珍しいです」

瞳がつぶやいた。顔色が少し戻っているのがわかる。

「私たちが四回やり切れば、また誰かを探すんだろうね」

「実月、自分の使命が終わっても助けてくれますか？」

「もちろん」

そう答えると、瞳は胸をなでおろした。

ナイトと一緒に女子生徒が歩いてきた。細い髪は茶髪で、日に焼けた肌と同じ色のファンデでメイクをしている。眉は見たことがないほど細い……。

よく見ると、セーラー服のスカートも短くカットしているみたい。

「なんか連れ出してもらって悪いね。てか、マジで行動範囲狭過ぎて激ヤバだったよ」

想像していたより何倍も元気な佳代さんに、ギョッとしてしまい自己紹介が遅れた。

「初めまして。二年生の空野実月と申します。こちらが、小早川瞳さんです」

「おっつー。みっちゃんとひとみんだね。あたしのことは、かよっぺって呼んで」

「かよっぺ……、じゃあ、佳代さんで」

「普通過ぎ。ウケるんですけど」

手をパンパンとたたく佳代さん。さっきからペースを狂わされっぱなしだ。

「てかさ」と、佳代さんが顔を至近距離まで詰めてきた。

「ふたりともほとんど盛れてないじゃん。そんなんじゃ『コギャル』とは呼べないよ」

そっか、とようやく納得した。二十年くらい前にはこういう格好が流行《はや》っていたと聞いたことがある。

「そういうあたしもこの格好はダメダメ。修学旅行にこれから出かけるってときに、ママにルーズソックス取りあげられちゃってさ。エムケーファイブって感じ」

「エムケーファイブ？」

「『マジでキレる五秒前』の頭文字だよ。え、もう使ってないってやつ？」

キャハハと笑ったあと、佳代さんは改めて私の全身をなめ回すように見た。

「ま、どっちにしても、その格好はイケてないよ」

「それより、佳代さんの会いたい人について――」

「せっかくだからショッピングでもしない？　あたしがコギャルメイクを教えてあげる」

話を聞かない佳代さんに、次の言葉が出てこない。

「メイクなんてどうでもいいんだよ」

碧人が不機嫌そうに言った。

「は？　なにそれ」

「実月みたいなのがかわいいってこと」

そう言ってから、碧人は「いや」と口ごもった。

「今の時代は、っていう意味で」

言い直さなくてもわかってるよ。ぶすっとする私に、佳代さんは一瞬真顔になったけれど、すぐにヘラッと笑った。

「そっかー。二十年以上前のことだもんね。時代も変わるってやつか」

私たちは、自分の気持ちが表に出ないように心にもメイクをする。なんでもないようなフリをして、ひとりになると孤独に震えている。でも、実際には誰かがそばにいてくれることが多い。

佳代さんはずっとひとりだった。長い間、あの神社から出られずに孤独に耐えてきたんだ……。

「あの」と瞳が思い切ったように顔をあげた。

「かよっぺさんの会いたい人は誰なんですか？」

真面目な瞳は、本人希望のあだ名で呼ぶことにしたらしい。

「あたし？　どうだろう、忘れちゃった」

「ご両親でしょうか？」

「パパとママには会ったよ。死んじゃったあと、葬式には行けたんだよ。ママなんて号泣しててさ、普段は冷たい兄貴も生意気な妹もワンワン泣いてた。友だちなんてせっかくのメイクがとれちゃうくらいに……」

思い出すように遠くを見つめたあと、佳代さんはニッと笑った。

「でも、気づいたら奈良に戻されてたわけ。最初は事故現場のそばに立っててさ、大声で『マジで！』って叫んだもん」

佳代さんは交通事故で亡くなったのだろうか？

話すたびに輪郭がかげろうのように揺れている。

「しばらくはいろんな人に声をかけまくったけど、透明人間になっちゃったみたいで、自分が死んだことに気づかなかったくらい」

壮絶な話を、佳代さんは笑いながら言っている。

なにも言えずに碧人と顔を見合わせた。

佳代さんが、風を読むようにじっと宙を見つめた。

「この神社に来てからは穏やかな気持ちなんだ。神様なんて信じてなかったけど、いるのかもって。そのうち会いたい人が来てくれる気がしてた。でも、もうそんなに時間が経っていたなんてね」

ナイトがなにか言いたげに私を見てくる。わかってるよ、使者としての使命を果たせって言いたいんでしょ。

「会いたい人を教えてもらえれば、探しますから」

「ムリだって。二十年以上も経ってんだよ？　今さらなんて言って連れてくるの？　ここが奈良ってこと忘れちゃった？」

「できる限りがんばります」

力をこめて言うと、佳代さんは気圧《けお》されたように表情を曇らせた。

「あたし、その人にめっちゃ迷惑かけてたんだよ。会いたくない、って言われるに決まってる」

「そんなのわからないじゃないですか」

「わかるんだって」

プイと佳代さんは横を向いてしまった。

「嫌われてることがわからないほどバカじゃない。まあ、あたしが冷たい態度を取ってたからなんだけどね。だから――なにもできないんだよ」

うなだれる佳代さんを見て確信した。

「じゃあ、会いたくないって言われましょう」

「は？」

「そうしないとこれから先もずっとこのままです。私が佳代さんの気持ちを代弁します。だから、ちゃんと伝えましょう」

「あの……」瞳が私の背中から顔だけ出した。

「私も協力します。かよっぺさんの気持ちを伝えます」

「そうですよ。碧人も入れた私たち三人で――」

「うえっ！」

なにか喉に詰まったような声をあげた碧人。見ると、驚いた顔で口をあんぐりと開けている。視線は坂の下に向かっていて――。

「ごめん。俺、先に行くわ」

そう言うなり、碧人は脇道へダッシュした。

いきなりの展開になにも言えなかった。

碧人が見ていたほうへ目を向けると、坂道をのぼってくる女性がいる。芳賀先生だとわかるのと同時に、瞳がアワアワとしだした。

佳代さんが「誰よ」と言ったあと、その瞳を徐々に大きくした。

「ひょっとして……ガハ子？」

「え……芳賀先生のこと知ってるんですか？」

そう尋ねると同時に、佳代さんの姿は煙のように消えてしまった。

「ちょっと」と不機嫌そうに芳賀先生が近づいてきた。

「あんたたち、グループを抜け出したんだってね」

「……え？」

「とぼけてもムダよ。七瀬さんと葉菜さんがふたりでコソコソしてたから声をかけたの。冷や汗をかきながら言い訳をしてたけど、私はごまかされないわよ」

「それは、違うんです。ね？」

同意を求めたのに、すでに罪を白状した人みたいに瞳はうなだれてしまっている。

「葉菜さんが几帳面《きちょうめん》な性格だということを忘れてたわね。ノートに抜け出す計画についてまとめてあったわよ」

腕を組んだ芳賀先生が、「さあ」と私たちを交互に見た。

「すべて白状してもらいましょうか。時間はたっぷりあるわよ」

どうやらぜんぶバレてしまったらしい。でも、さっきの佳代さんの様子のほうが気になる。もう一度あたりを見回しても、佳代さんの姿はなかった。

あ、碧人が電柱の陰からこっちを見ている。両手を合わせて私を拝んだあと、奈良駅のほうへ駆けていった。

「あの、先生」

「言い訳はけっこう。そもそも、あの計画、なによ。『青い月』とかわけのわからないことが書いてあったんだけど」

没収してきたのだろう、ノートにはほかにも『幽霊』『使者』などの単語が並んでいる。

「先生は、二十年くらい前ってもう教師をしていたんですよね？」

「話を逸らさない」

ダメだ。ぜんぜん聞く耳を持ってくれない。

困っていると、意を決したように瞳が一歩前に出た。

「かよっぺさん……」

「え？」

「芳賀先生は、かよっぺさんをご存じですか？」

時間が止まったかのように、芳賀先生は口を開けたまま固まってしまった。

私も思い切って口を開く。

「佳代さんという人です。修学旅行で来たと言っていたので、私たちと同じ二年生だと思います」

やっぱり先生は知ってるんだ、と思った次の瞬間、芳賀先生が眉を吊《つ》りあげたから

ギョッとした。

「生徒の幽霊を見にここに来たってこと？　ふたりとも、そんな子だったわけ!?」

「ちが……」

迫力に気圧《けお》され、瞳は私のうしろに隠れてしまった。

「誰かに彼女のことを聞いたのね。信じられないわ！　そういえば、空野さん、旧校舎にも行ったりしてたわよね。あれもまさか、幽霊のウワサを聞いたの？」

「違います。そうじゃなくって……」

「とにかくホテルに戻るわよ。場合によっては、処分の対象となるから」

視線を感じてそっちを見ると、隣に佳代さんが立っていた。懐かしそうに目を細めている。

「生きてるときのクセで逃げちゃった。ガハ子、まだ教師やってたんだ。チョーウケるんですけど」

手をたたいて笑い転げている。

「佳代さん！」

名前を呼んだけれど、「はあ⁉」と、反応したのは芳賀先生のほう。

「あなたはまだそんなことを……」

「違います。佳代さんがここにいるんです」

同じ言葉でしか反論できない私の腕を、先生はグイと引っ張った。

「いい加減にしなさい！」

「懐かしい。そうやってあたしもよく叱られたよ」

佳代さんが声のトーンを落とした。

「教師になって、初めて担任を持ったのがあたしのクラスだったんだよ。昔は紺のスーツに黒いメガネだったのに、なによその格好。ジャージなんてありえない」

「教えてください。初めて担任を持ったのが佳代さんのクラスだったんですね」

「な……なに言ってるのよ！　いい加減にしなさい！」

腕を引っ張る力が少し弱まった。瞳が私のお腹に手を回し、うしろから引っ張る。

「あの」と背中から声が聞こえた。

「かよっぺさんが言っています。紺色のスーツに黒いメガネだったって！」

これまででいちばん大きな声で、瞳が叫んだ。

「え……」

急に手を離され、ひっくり返りそうになった。私たちの真上に青い月が浮かんでいる。

「まさか、本当に……？」

眉をひそめ、あたりを見渡す芳賀先生の正面に佳代さんが立った。

「ジャージ姿なんて初めて見たから最初、わからなかった。ガハ子、歳取っちゃったね……」

あたりの景色が青色に塗り替えられていく。神社の鳥居まで真っ青だ。

「あたし、芳賀先生に迷惑ばっかりかけてた。でも、顔を見られただけで、すごくうれしい」

せっかく会えたのに、芳賀先生に佳代さんの姿は見えない。

お互いにその存在を信じないと、会うことはできないんだ……。

「佳代さん、ふたりしか知らないエピソードってありませんか？」

「いっぱいあるよ。ガハ子にとって初めての担任だったから、生活指導のカネゴンって先生がフォローしてくれたんだよね。三者面談みたいなのばっかやらされてさ、でも、ガハ子はかばってくれようとして、あたし以上にカネゴンに叱られてた」

それを伝えれば信じてくれるかもしれない。口を開こうとする前に、「ねえ」と芳賀先生がまっすぐに私を見つめた。

「本当にここに小野田《おのだ》さんがいるの？」

佳代さんの苗字は小野田なんだ、と知る。

「ここにいます。そのことを信じてくだされば、芳賀先生にも絶対に見えます」

「信じるって言っても、いくらなんでも――」

ふいに芳賀先生が空を見あげた。

「青い……。え、なんで月が青いの？」

あとずさりする芳賀先生の手を思わずつかんでいた。

「青い月が光るときに、会いたい人に会えるんです。佳代さんは、芳賀先生に会いたくて、ずっとこの神社で待っていたんです。だから、一度でいいから信じてください。佳代さんがここにいるって、心から信じてください！」

なにも答えず、芳賀先生は瞳を閉じた。数秒後に目を開けた芳賀先生が、私の隣を見た。

「ウソでしょう？　小野田さん……？」

「ガハ子、久しぶり」

あっけらかんと言う佳代さん。瞳に制服を引っ張られ、私たちは数歩うしろに下がった。

「ウソみたい。小野田さんにまた会えるなんて……」

「あたしは会いたかったんだけどなあ」

ようやく現実のことと理解したのだろう、芳賀先生がこわれものを触るように佳代さんの手を握った。

「私も……私も会いたかったわよ。今でも毎年、命日のときにはお母様に会ってるのよ」

「そっちじゃなくて、こっちに来てほしかったんですけど」

「なに言ってるのよ。事故が起きたあの川にだって、数年に一度は行ってるのよ。まさか、神社にいるなんて思わないわよ」

少しずつ調子が戻ってきたのか、不満げにうなる芳賀先生。

事故が起きた川……？

「しょうがないじゃん。動けなかったんだし」

佳代さんがツンとあごをあげた。

「昔からそうやって言い訳ばっかり。二十一年も経つのに、ちっとも変わってないじゃない」

「先生は歳取っちゃったね」

「こら。そういうこと言わない」

ピシャリと言ってから、ふたりは同じタイミングで笑いだした。

あまりにもおかしかったのか、佳代さんがしゃがみこんで笑っていたかと思うと、その声はだんだん泣き声に変わっていく。膝の上に置いた両腕に顔を押しつけ、声を殺して泣く佳代さん。

そうだよね。やっと会いたい人に会えたんだもんね……。

「小野田さん」

芳賀先生が抱きしめると、

「先生！」

佳代さんはその胸に顔をうずめた。

「あたし、先生に謝りたかった。あたしのせいできっとすごい迷惑をかけて……」

「いいのよ、そんなことはもういいの」

「でも！」と、佳代さんが顔をあげた。月に照らされ、水色の涙が頬を伝っている。

「修学旅行のとき、ひとりで抜け出しちゃったから。そのせいで死んじゃって……あたしは、あたしは……！」

芳賀先生の瞳から涙がぽろりとこぼれた。抱きしめ返す腕に一度だけ力をこめたあと、なにか決心したように芳賀先生はその体を強引に離した。

「きっと気にしてると思ってた。いい？　これから言うことをちゃんと聞いて」

「嫌だ」

「嫌でも聞くの。あの事故はどうしようもないことだった。川で溺れそうになってた女の子を助けようとしてくれたのでしょう？」

その言葉に私と瞳は思わず顔を見合わせていた。交通事故じゃなかったんだ……。

「小野田さんのおかげであの女の子は助かったのよ。でも、どうなったかが心配で、ここから離れられなかったのよね？」

佳代さんが洟をすすりながら何度もうなずく。

「数年経ってからこの神社に来てくれたんだよ。無事でよかったと思った。でも、芳賀先生にちゃんと謝りたくて……」

「誇りに思ってる」

「え？」

きょとんとする佳代さんに顔を近づけ、

「あなたを誇りに思ってる。私も、あなたのお母さんも、クラスのみんなも」

芳賀先生はそう言った。

「でも、芳賀先生には迷惑ばっかりかけてた。初めての担任で大変なのに、反抗ばっかりして、あたしのせいでカネゴンにまで叱られて――」

「ガハハハ」

急に重い空気を押しのけるように、芳賀先生が大きな声で笑った。

「なに言ってるの。ちっとも迷惑だなんて思ってなかったわよ。まあ、『ガハ子』ってあだ名をつけられたのは若い乙女《おとめ》には厳しかったけど、誰よりも心は近いって感じてた。小野田さんだってそうでしょう？」

「ガハ子……」

「こら。取ってつけたようにあだ名で呼ばない。さっきまでちゃんと苗字で呼んでたくせに」

コツンと頭をたたくしぐさをする芳賀先生。

「バレたか」

と、佳代さんも顔をくしゃくしゃにして笑っている。

世界が、その青を薄くしていくのがわかった。もうすぐ、ふたりの時間は終わろうとしている。

佳代さんは立ちあがると、組んだ両手を上にあげて気持ちよさそうに伸びをした。

「あー、やっとこれでラクになれるよ」

「その前にふたりにもお礼を言いなさい。あやうく処分を受けるところだったんだから」

先生らしく注意をした芳賀先生に、佳代さんはプイと横を向いた。

「私たちはぜんぜん……ね？」

「そうです。大丈夫です」

慌ててふたりで手を横にふるけれど、芳賀先生は「ダメ」とひと言。

「これが小野田さんへの最後の指導。ほら、ちゃんと謝りなさい」

譲らない芳賀先生に苦笑しつつ、佳代さんが私たちに頭を下げた。

「いろいろごめんなさい。そして、ありがとうございました」

「よし。これで私の授業は終わりよ」

芳賀先生が右手を差し出すと、自然に佳代さんはその手を握った。

「ガハ子、すっかりおばさんになったね」

「余計なお世話よ」

「でも、会えてうれしかった」

その瞳からまた涙があふれている。芳賀先生も涙をこらえて、必死で笑みを浮かべている。

「もう寄り道をせずに、自分の場所へ帰りなさい」

「はい。芳賀先生、またね」

「またね」

音もなく佳代さんが風景に溶けていった。

つないだ手をもとの位置に戻した芳賀先生が、ジャージの袖で涙を拭った。

「不思議なことがあるのね。会わせてくれて、ありがとう」

「いえ……」

「でも、あの子、ちゃんと天国に行ってくれたかしら。もしお母様の顔を見に行こうと思ってたらどうしよう。ご主人が亡くなったあと、引っ越しちゃってるのよね」

急に不安げになったのか、芳賀先生が「そうだ」と手を打った。

「もう一回呼び出してくれない？　新しい住所を教えるから」

「にゃん」

呆れた声でナイトが鳴いた。

「そんな力ありませんよ」

「なんだ、そうなの。じゃあ見かけたら教えてあげて。小野田さん、五丁目から二丁目に引っ越してるから」

「二丁目？　うちのマンションのそばですね」

ふんふん、とうなずいてから気づく。……小野田という苗字に聞き覚えがある。

「あの、佳代さんのお母様の名前ってわかりますか？」

「小野田美代子さんよ」

これには驚いてしまった。まさかマンションの管理人である美代子さんが佳代さんのお母さんだったなんて……!?

美代子さんに伝えたいけれど、きっと私はできないだろう。悲しみの荷物を増やしてしまうだろうし……。

芳賀先生が、腕時計を見た。

「ほら、あなたたちももとのグループに戻りなさい」

「あ、はい。失礼します」

頭を下げ歩きだす。

なんとか佳代さんの思い残しを解消することができてよかった。

「待って」

芳賀先生の声に、隣の瞳がビクッと体を震わせた。

ふり返ると、芳賀先生は組んでいた腕をおろし、深々と頭を下げた。

「ありがとう。小野田さんに会わせてくれて、本当にありがとう」

涙声に気づかないフリで私も頭を下げた。

歩きだすと、風がやさしく私の頬をなでた。

前を歩くナイトに、「ねえ」と声をかけた。

「私の使者としての役割は、あと一回で終わりだからね」

「にゃん」

珍しくナイトがそう答えてくれた。

さっきより薄い色の青空に、もう月は見当たらなかった。

第五章　君に伝える「さよなら」

碧人とは、ただの幼なじみの関係だった。

今でも向こうはそう思っているだろうし、私もその役割を演じている。

中学二年生の夏に知った恋は、私をしあわせにしてくれた。そして、少しだけ多くの悲しみとせつなさも教えてくれた。

特別な存在になるほどに、自分がちっぽけに思えていく。そんな恋をしている。

なにげない会話でも、碧人の話す言葉はお気に入りの歌のように心に染みこんだ。

夜になればひとり、彼が言った言葉を頭に浮かべたりもした。

そのたびに思うのは、『この恋は叶わない』ということ。いつか、碧人のよさに気づく誰かが現れ、彼も相手を好きになってしまうことが怖かった。

だけど、最近の私は少し違う。碧人をあきらめる覚悟のようなものが胸に芽生えている。そうすれば、前のように気兼ねなく話ができる気がして……。

こういう気持ちになれたのは、幽霊に会うようになってからのこと。思い残しを抱える幽霊を見ていると、毎日のなかに後悔がたくさんあることに気づいた。

急にあきらめることはできないけれど、少しずつこの気持ちを解き放てるような気がしている。

「ちょっと実月、どうかした？」

梨央奈の声にハッと我に返るのと同時に、周囲のざわめきが波のように押し寄せてきた。

そうだった。梨央奈と瞳の三人で、駅前のファストフード店にいるんだった。

明日は期末テスト最終日。私と梨央奈が苦手な『介護福祉基礎』を、瞳が教えてくれているところ。

無意識に握りしめていた赤色のボールペンをノートの上に置くと、瞳が心配そうに覗きこんできた。

「実月、ひょっとして体調がよくないのですか？　顔色が悪く思えます」

「大丈夫だよ。ちょっと考えごとしちゃってた」

私や梨央奈、葉菜と一緒にいることが増えた瞳。お互いを名前で呼び合うようにはなったけれど、瞳の敬語はあいかわらずだ。

「あたし、わかるよ」

名探偵気取りの梨央奈が人差し指を立てたかと思うと、それをまっすぐ瞳に向けた。

「瞳がかわいくなったな、って思ってたんでしょ」

「ひゃ」と、サッと瞳が前髪を両手で隠した。

「前髪のことは言わないでください。切り過ぎたって後悔しているのですから」

期末テスト初日に、瞳は前髪を切って登校してきた。女子全員が絶賛し、これまで瞳と話さなかった子まで話しかけていた。

「もともと瞳はかわいかったけど、さらにかわいくなったよね」

素直に言うと耳まで真っ赤にしている。

「私の話はいいです。逃げ出したくなっちゃいます」

梨央奈はクスクス笑ってから、「じゃあ」と自分の手元に置いたクーポンの束に目を向けた。

「クーポンのことを考えてたの？　使いたいのがあるならあげるよ」

トランプのように厚いクーポンの束。二枚はさっき使わせてもらった。梨央奈が言うには、デジタルクーポンよりもチラシについている紙のクーポンのほうが割引率は大きい傾向にあるのだそうだ。

「でも、最近はクーポンを使わないよね？」

梨央奈が、ぶうと頬をふくらませた。

「期間限定メニューのクーポンはあるんだけど、よくよく考えたら、好みじゃないバーガーを食べるより、好きなものを食べたほうがいいかなって」

梨央奈も変わった。最近ではスーパーの特売も、たまにしか顔を出さなくなったそうだ。親の経営している不動産業はあいかわらずヤバいみたいだけれど。

「げ」

声のするほうへ目を向ける。三井くんが入店するなり私たちを見て嫌そうな顔をしている。隣に立っているのは、葉菜だ。

「やっぱりここにいると思ってた」

ニコニコやって来る葉菜。三井くんはさっさとレジのほうへ行ってしまう。

「ひでじいとふたりで来たわけ？」

呆れる梨央奈に、葉菜は素直にうなずいた。

「みんなに会いに来たんだよ。一緒に勉強しようかな、って」

「ひでじいはそう思ってないんじゃない？　ほら、こっちのことはいいから。早く行ってあげなよ」

まんざらではないらしく、葉菜ははにかんだままレジへ駆けていった。

ふたりは『つき合ってはいない』と宣言しているけれど、正確には『まだつき合っていない』状態だろう。もう時間の問題だと誰もがウワサしている。

「まさかあのふたりがねぇ」

感慨深げな梨央奈に、瞳は首をかしげた。

「私は前から三井くんの気持ちに気づいていました」

「へ、そうなの？」

「バレバレじゃないですか。三井くん、いつも葉菜のことばかり見てましたから」

ジュースを飲む瞳に、梨央奈が感心したように声をあげた。

「瞳の観察力すごいね。ひでじいも葉菜も、恋愛に興味がないと思ってた」

「私たちの年代で恋に興味がない人はいません。ちなみに私の好きな人は、二次元のアニメキャラなので、どうか深掘りをしないでください」

そっけなく言ったあと、瞳は「あと」と続けた。

「梨央奈の好きな人は、三年生でしょう？」

「……は？」

「二学期からの実習で一緒になるグループの男子です。私は違うグループなので会ったことないのですが、名前はわかります。三年一組の高林伸由《たかばやしのぶよし》さん」

「ぐっ」と、ヘンな声をあげた梨央奈が盛大にムセた。

「ち、違う！　でも、なんで高林先輩なのよ」

「だって……」

と、瞳が私を見たので、大きくうなずいた。

「気づいてないかもしれないけど、梨央奈、最近ずっと高林さんの話ばっかりしてるよ」

「そ、そんなこと……」

そんなことあると気づいたのだろう、梨央奈はブツブツとつぶやきながらうつむいた。

「実習ではメイクを控えめにしたほうがいい、っていきなり言われて。でも、やさしくて、そっけなくて、やっぱりやさしくて。そんなの、気になっちゃうじゃん……」

顔合わせの日以来、梨央奈は薄いメイクしかしなくなった。高林さんが薦めてくれた介護のテキストを購入したり、これまでやらなかったテスト勉強までしている。

スーパーの特売に興味を持たなくなったのもそのころからだ。

「好きじゃない。ただ、気になるだけだから」

そう言って、奥の席につく三井くんと葉菜を見つめる梨央奈。

わかるよ。恋は突然訪れ、日常の景色をがらりと変えてしまうものだから。

「あたしのことはもういいの。今は、実月のことを話してたんだから」

強引な軌道修正をされ、ふたりの視線がこっちに向いた。

自分の気持ちを言葉にしたいと思ったのは、初めてのことだった。

「つい考えてしまう気持ち、わかるよ。私も……恋をしてる。ううん、してた」

「してた？」

首をひねる梨央奈に、小さくうなずく。

「スポーツ科にいる清瀬碧人。梨央奈は忘れていると思うけど、瞳は何度か会ってるよね」

場の空気が急に引き締まったように感じた。

そうだろうな。私が碧人のことを好きだということは、ずっと内緒にしてきたことだから。

「碧人とは小さいころから一緒だった。中学二年生のときに、ふたりで青い月を見たの。その日に碧人への気持ちに気づいた。それからずっと好きだった」

「過去形なの？　てことは、ついにあきらめることにしたんだ？　うん、いいと思うよ」

あきらめることを勧めるような言い方が引っかかったけれど、ちゃんと自分の気持ちを伝えよう。

「人は成長するものだってわかったから。みんなが変わっていくのを見ていると、自分も変わらなくちゃって思えたんだ。同じ場所にいちゃいけない、って」

梨央奈は節約にこだわるのをやめ、メイクも変えた。瞳は前髪を切り、クラスの子となじんでいる。葉菜はちゃんと登校するようになり、恋までしている。

碧人だって同じ。部活を辞め、二学期からは普通科へ変わることを決めた。引っ越してからは、話す機会はどんどん減っている。

「碧人への気持ちをあきらめることにしたの。前向きな気持ちで、そう思えた」

マンガやドラマではハッピーエンドが正しい結末のように描かれることが多い。私の恋愛の正しい結末は、昔のような関係に戻ること。

あと戻りではなく、それが自分の成長につながると思うようになった。

「それってさ――」と梨央奈が声を潜めた。

「ふたりがよく話してる幽霊のことも原因のひとつなの？　あ、もちろんあたしは信じてないからね」

「そうかもしれない。これまで会った幽霊が思い残しを解消するのを見てたら、私も前に進みたいって――」

ズキンと頭が痛みを生んだ。

碧人を忘れたくないと心が叫んでいるみたい。

ふたりは戸惑ったように顔を見合わせている。こめかみを押さえ、痛みを我慢していると、瞳が「私は」と口を開いた。

「実月の決心を応援します」

「あたしも。告白することがすべてじゃないと思うから、あきらめることに賛成する」

力強くうなずく梨央奈に、ヘンな間が空いてしまった。

「ちょっと意外。てっきり『あきらめるな』って言われると思ってた」

きっとふたりのことだから、恋を応援してくれるだろう、と。

「そりゃ、応援したいよ。でも、大切な友だちが苦しむのは見たくないし」

梨央奈がそう言い、隣で瞳は深くうなずいてる。

応援できないくらい、ふたりからは私が苦しんでいるように見えていたのかもしれない。

これまでは、あきらめない理由ばかりを探してきた。友だちがそう言ってくれるなら、今度こそ本当に碧人への想いを忘れることができるかもしれない。

「具体的にはなにをするつもりなの？」

梨央奈がそう尋ねた。視線をテーブルに落とすと、紙コップがトレーの上に敷かれた広告に輪染みを作っている。

「なにもしない。今じゃ幽霊に会いに行くときくらいしか顔を合わせないし、それだって、旧校舎が取り壊されたら終わりだし。きっとなにもしなくても、昔の関係に戻れると思う」

「ああ、そっか」と、梨央奈がポンと手を打った。

「最近、業者の人が多いもんね。ついに旧校舎ともお別れか」

「だね」

ナイトの姿もずいぶん見ていない。

旧校舎が取り壊されたら、幽霊やナイトはどこへ行くのだろう。一緒に消えてしまうのだとしたら悲しいな……。

ふたりが私を見つめていることに気づき、意識して笑みを作ってみせる。

「そんな顔しないで。ちゃんと……ちゃんと忘れてみせるから」

頭痛はさっきよりも強くなっている。

それは、期末テストの最中に起きた。

最後の科目はいちばん苦手な『介護福祉基礎』。瞳が予想してくれた問題がたくさん出題されていて、最後の問題まである程度答えることができた。答案用紙を見直していると、机ごと水に浸かったような感覚に陥った。

青色の光が答案用紙に落ちている。瞳も窓の外へ目を向けているのがわかった。

青空にぽっかりと丸い穴が開いている。真昼の月は薄い青で、秒ごとにどんどんその色を濃くしていくみたい。これは旧校舎に幽霊が現れる合図。

よかった。もう一度、旧校舎に行くことができるんだ。ナイトや幽霊に会える。そして――碧人もきっと来てくれる。

あきらめようと思ったとたん出てくるなんて、青い月も意地悪だ。同じくらい感謝もしているけれど。

最後に碧人と楽しく過ごそう。笑い合って、一緒に幽霊の思い残しを解決して、終わったらこの気持ちも忘れよう。

テストが終わると同時に、瞳が私を廊下に呼んだ。

「久しぶりに出ましたね」

「うん。しかも濃くなるスピードが速い気がする」

「かなり速いです。よほど強い思いの幽霊なんでしょうか？」

廊下も海のなかにいるみたいに青くゆらめいている。これが私にとって最後の使者としての役目になるのならがんばらなくちゃ。

気合いを入れると同時に、瞳の表情が浮かないことに気づいた。

「どうかした？」

「申し訳ないんですけど、今日は実月ひとりで行ってもらえますか？」

「え？　なにか用事？」

てっきり一緒に行ってくれるものとばかり思っていたから驚いてしまう。

「用事はありません。碧人さんとふたりで会ったほうがいいと思うんです」

ああ、そうか……。ふたりで会ってちゃんと終わらせることを応援してくれているんだ……。

なにも行動には移さないと決めたけれど、今日で気持ち的には区切りをつけ、ただの幼なじみに戻りたい。

「ありがとう。そうしてみるね」

こめかみを押さえながらうなずいた。

「頭痛、治ってないのですか？」

「最近はずっとこんな感じ。きっと幽霊に会う副作用なのかも」

おどける私に、瞳はキュっと口をつぐんだ。なにかおかしなことを言ったのかな、と不安になってしまう。

しばらく黙ってから瞳はおずおずと気弱に私を見た。

「たぶんもっと前からだよ。去年くらいから、たまに顔をしかめてたから」

「ああ、そうかも……。一度病院に行ったほうがいいかな」

そんな話をしていると、トイレから出てきた葉菜がやってきた。

「昨日はごめんね。一緒に予習したかったんだけど、三井くん恥ずかしかったみたいで」

「三井くんといい感じだね」

昨日のふたりはまるで恋人同士のようだった。

「ひょっとして告白をされたのですか？」

瞳の問いに、葉菜は「まさか」と目を丸くした。

「ただの友だちって感じだよ。昨日もわからないところをお互いに聞き合うくらいで、終わったらさっさと帰っちゃうし。別にいいんだけどね」

ちっともよくない、という雰囲気をにじませている葉菜がいじらしい。

恋をしてから、葉菜はよくしゃべるようになった。机に突っ伏していたのが夢だったかのように、いつもニコニコしている。

恋に勝者と敗者がいるのなら、間違いなく葉菜は前者で、私は……。

違う。私だって、前向きな気持ちで碧人との関係をリセットするのだから。

自分に言い訳をしている気分になってしまう。

「いい天気だね。梅雨も終わったのかな」

太陽みたいにまぶしい笑顔の葉菜に、もう青い月は見えていない。あえて言う必要もないだろう、と瞳と視線で会話をした。

テストの返却期間が終われば、夏休みになる。旧校舎ともお別れ。

いろんなことが終わる夏が、もうそこまで来ている。

旧校舎に着くころには、満月は真上で青く輝いていた。青空に空いた丸い穴からふる光が、世界を青色に染めている。

これも今日が最後になるのかな……。

碧人とふたりで会うのもこれが最後かもしれない。

ううん、違う。これからも幼なじみとしてなら会えるはず。

旧校舎の手前にある桜の木が、青色の葉を揺らしている。セミが一匹、鳴きながら逃げていった。

生命の輝きさえ悲しい色で瞳に映る。くじけそうな決心を抱えたまま、扉のほうへ進むと、ナイトがいつものように堂々と胸を張って座っていた。

「久しぶりだね」

なにも答えず、ナイトはゆっくりまばたきで返してくる。

「もうすぐこの建物、取り壊されるんだって。そうしたら、ナイトは違う場所へ行くの？　今日会う幽霊が最後のひとりなの？」

言いながら気づいた。前回は奈良の神社で幽霊に会った。佳代さんは、亡くなった場所から神社に引き寄せられた、と言っていたはず。

ということは、ここがなくなったとしても、違う場所に幽霊は集まるのかもしれない。

「あのね、ナイト……話したいことがあるの。これが私の使者として最後の役目なんだよね？」

楕円形の目に見つめられ、思わず目線を逸らした。

「伝説に参加できてうれしかった。でも、私は『使者』になれても、願いを叶えてもらう『ふたり』にはなれなかった。だから、ちゃんと区切りをつけなくちゃいけなくて……」

「いいんじゃない」

「え!?」

ナイトがしゃべったのかと思ってギョッとしたけれど、すぐに碧人の声だとわかった。いつの間にか旧校舎のなかに立っている。

「碧人。え、先に入ってたの？」

「とっくにいた。こいつが入れってうるさいからさ」

あごでナイトを指す碧人。ナイトはツンと澄ました顔でさっさとなかに入っていく。

ひとりと一匹のあとを追いながら、頭のなかで自分が言ったことをくり返す。おかしなことを――碧人への気持ちを言葉にしてないよね？

碧人の背中を見つめながらのぼっていく。今までもそうだった。私がじっと見つめていられるのはいつもうしろ姿だけ。

この想いが消えたなら、碧人の顔をちゃんと見られるようになるはず……。

ナイトは四階へ着くと、トイレの横にある教室へ入っていく。

「え、ここって……」

去年まで私たちがいた一組の教室だ。

久しぶりに足を踏み入れると、懐かしいにおいに包まれた。今と比べると机も椅子も、床も天井だって古ぼけて見える。

「福祉科ってこんな感じなんだ」

「スポーツ科と一緒じゃないの？」

「いや」と碧人は空いている席に腰をおろした。

「うちのクラスにこんなモニターなかったし、ロッカーに扉もなかった」

「そういえばそうだね」

夏休み前まではよく碧人の教室にも顔を出していた。あの日、『学校では話しかけないでほしい』と言われるまで、私の恋は順調だった。

今ならわかること。二学期になり、碧人は私を拒否した。友だちにからかわれたくないから、という理由はきっとウソだろう。

――最初からフラれていたんだ。

気づきたくなくて、私はずっと碧人にすがりついていた。一緒の帰り道やマンションで会うことが、切れそうな糸をかろうじてつないでくれていた。

でも、もうそれさえなくなった。

告白することはできなくても、ただの幼なじみに戻ることは表明しておきたい。

「あのね……」

口を開くと同時に、ぐわんと頭が揺れた気がした。激しい頭痛が一気に押し寄せてくる。空いている席に倒れこむように腰をおろした。

碧人は気づかずに、教壇へ足を進めると先生みたいに両手を置いた。

青い光がサラサラと碧人の顔をなでている。絵画のように美しい光景。

なのに、碧人はヘンな顔をしている。

「幽霊、どこにいんの？」

言われて気づいた。そういえば、ここにいるはずの幽霊の姿が見えない。

「去年ここで亡くなった生徒っていないよな？」

「これまでのことを考えると場所は関係ないのかも。亡くなった時期がずっと前ってこともあるよね？」

「たしかに。せっかくだから俺、自分のクラス、見に行ってくる」

私の机にひょいとナイトが飛び乗ってきた。

「ナイト。ここで合ってるんだよね？」

「にゃん」

珍しく喉をゴロゴロ鳴らしている。触ろうとすると、隣の机に逃げてしまった。

少し離れた場所から見つめる視線が、いつもよりやさしく見えた。なにもかも見透かされている気がして、空に視線を逃がした。

青空に青い月が輝いていて、見えるものすべてをその色に染めている。

それはまるで、恋に似ている。好きな人は青い月のように、見える世界をその人の色に変えていく。

また碧人のことを考えていることに気づき、机に頬をつけた。ひんやりとした感覚が生きていることを実感させてくる。

「なあ」

碧人の声にゆるゆると顔をあげた。

「ぜんぶの教室を見たけど、どこにもいないんだけど」

教室の前の扉にもたれ、碧人は不満げに腕を組んだ。

「ひょっとしたら私のせいかもしれない」

「え、なんで？」

「……体調がよくなくって。勉強のし過ぎかも」

「それはないな。一夜漬けが祟《たた》ったんだろ？」

ニヤリと笑う碧人に、わざとらしくため息をついてみせた。

「うるさいな。碧人だってどうせ勉強してなかったんでしょ？」

「やってもやらなくても結果が同じなら、遊んでたほうがいいし」

そうそう、私たちはこんな感じだった。お互いをからかって、最後はふたりで大笑いしていた。

……きっと大丈夫。碧人と幼なじみに戻れるはず。

「とりあえず今日は帰ろうか。寝不足だし」

椅子から立ちあがる私に、碧人が「あのさ」と声のトーンを低くした。

碧人が『あのさ』と口にするときは、悪いニュースの前兆なことが多い。部活を辞めることも引っ越しをすることも、同じ言葉からはじまっていた。

思わず身構える私に、碧人は言った。

「二学期から奈良の高校に編入することになったんだ」

ニガッキカラ　ナラノ　コウコウニ――。

「……え、なんで？」

「どっちにしても二学期からは普通科に変わることになるし、それなら学校ごと変えちゃったほうがいいかも、って。親に言ったら大賛成でさ」

「そう、なんだ。でも……編入試験とかどうするの？」

「ないない。定員割れしてるとこみたいで、内申書だけでＯＫもらってる」

しん、とした教室にチャイムの音が聞こえた。

そういえば今日はチャイムが鳴っていなかったことを思い出す。これから幽霊が出てくるのかも……。

でも、もう帰りたくて仕方ない。

「いつ……引っ越すの？」

「今のアパートに引っ越してから日が経ってないだろ？　実は荷物、あんまり開けてなくてほとんど段ボールに入れたままでさ」

早めに引っ越しをするということなのだろう。

泣きたい。泣きたい。泣きたくてたまらない。

胸にこみあげてくるせつなさを無理やり押しこむと、また頭痛が視界を揺らした。

「……仕方ないよね」

そう言うと碧人はホッとしたような顔で笑う。

「いいタイミングだよな。ちょうどここも取り壊されるし」

旧校舎が壊されることは、碧人の引っ越しとは関係ないことでしょう？　どうしてこんな悲しい話なのに笑っていられるの？

たくさんの疑問を呑みこんで、私も笑う。

「使者としての役割、ちゃんと手伝ってからにしてよね」

「もちろん。明日また出直すか」

外に出ると、青い月はもう見えなかった。引っ越しの準備があるのだろう、碧人はバス停へ走っていく。その背中を見送ってから、私も歩きだした。

頭のなかがぐちゃぐちゃ。心までぐにゃりとねじ曲がっている気がする。こんなに悲しいのに、涙が出てくれない。

どんどん私から離れていく碧人。一年かけて長い予告編を見せられた気分。ついに、本当に消えてしまうんだね。

幼なじみの関係に戻るとしても、まさか距離まで離れてしまうなんて。

でも、私は平気だよ。最初からずっとひとりぼっちだったから。

＊＊＊

夢のなかで、私は旧校舎の教室の窓辺に立っていた。

青い月が見たこともないほど大きく、手が届きそうなほどの距離に浮かんでいる。

ブルーサファイアよりも輝く光から目を背けると、机の上にナイトが座っていた。

「君はなにをしてるの？」

最初はナイトが話していると思わなかった。

教室を見渡す私に、

「君に話しかけてるんだよ、実月」

ナイトは前足で私を指してくる。

「あ、これ夢だったね」

やけにリアルな夢だ。青い光がちゃんと青色に見えているし、開けた窓からの風も頬に感じられる。

「この世で起きることはぜんぶ夢さ」

想像していたよりも低い声でナイトは答えた。

「ぜんぶ？」

「今起きていることも、次の瞬間には過去になる。残るのは頼りない君の記憶だけ。つまり、なかったことと同じ」

「そんなことない。思い出に残ることが大事でしょ」

反論する私に、ナイトは白い毛を誇示するように胸を張った。

「記憶は君の主観で構成されているから、正しい情報とは言えない。それに記憶は美化されてしまうからね。それにしがみつくなんて、人間はやっぱりバカだ」

さすがにムッとしてしまう。

なんでナイトにそこまで言われなくちゃいけないのよ。

「君はなにをしているの？」

ナイトは冷たい目で私をじっと見つめている。

「それ、さっきも聞いたよね？　別にここにいるだけだし」

「ふうん」

興味なさげにナイトはジョリジョリと、ざらつく舌で右足の毛づくろいをはじめた。

「それより、なんでこの間は幽霊に会えなかったの？　もう旧校舎が取り壊されるまで時間がないのに、間に合わないよ」

「学校も休んでるしね」

「え？」

言われて思い出した。昨夜から頭痛がひどくなり、今日の終業式を休んでしまったんだった。

朝ご飯を食べてからベッドに戻って……。今は何時くらいなのだろう？

「ひょっとして青い月が出てるの？」

「出てると思う？」

「まさか……夢のなかまで呼びに来たってこと？」

「だったらどうする？」

質問だらけの会話じゃなんの答えも出ない。

「行かないよ」

「なんで？」

「だって……体調が悪いから」

ふん、と鼻から息を吐くナイト。

「正直、君が使者に選ばれたときは不満だし不安だった。でも、君はこれまで幽霊の思い残しを解決してくれた。かろうじて、ってレベルだけどね」

どうやらナイトは口が悪いらしい。騎士というよりは漫画に出てくるイヤミな上司みたい。

「体調は君の不安定な心を表わしている。それでも僕は使者に頼るしかない。痛みを和らげてあげるから、最後の役目をまっとうしてほしい」

たしかに前回、幽霊に会えなかったことは気になっていた。碧人ももうすぐいなくなるし、最後はふたりでがんばりたい気持ちがあるのはたしかなこと。

だけど……。

「どうして私たちが使者に選ばれたの？　やっぱり青い月を見たから？」

「青い月を見られる人間は、自らも強い願いを抱えている。だけど、あの伝説に関わるにはカギが必要なんだ。君たちはあの日、カギを見つけたんだ」

「それって、『青い月の伝説』のこと？」

「そのとおり」

ふたりで絵本を見た日のことを、今でもリアルに思い出せる。静かな図書館、咳払《せきばら》いの音、本のにおい、碧人のはしゃぐ声。

「君が使者としておこなったことも、いつかは夢になる。だってこんな話、人間は信じないだろ？」

「うん……」

「現実世界は厳しいからね。人間は片目をつむって生きてるんだ。そのほうが傷つい たときに言い訳ができるから。でも、それじゃあ半分しか世界を見たことにならない」

「片目を……？」

「実月だって同じ。もっと現実世界を見る必要がある」

「ごめん。なにを言ってるのか――」

「わからない？　違う。わからないフリをしてるんだ」

キッパリ言い切るナイトに、眉をひそめてしまう。

私の複雑な気持ちを知らないからそんなことを言えるんだよ。言い返そうとしたけれど、なぜか口が開かなかった。

「だけど」とナイトが琥珀色の瞳を伏せた。

「君がしたことが夢だったとしても、僕だけは知ってる。君が必死で、幽霊たちの思い残しを解消したことを。そして、誰よりも碧人を好きなことを」

「え……」

体全体で伸びをしたナイトが、音もなく床に降り立った。

「あきらめようとするのもいいけど、一度閉じていた片目を開けてごらん。この世界の残酷さを知っても、君にはもうそれに耐えうる力があるはずだから」

「なにを――」と言いかける口を閉じた。

つい今、『わからないフリをしてる』って言われたばかりだ。

「自分の記憶を疑うなら、誰かに頼ってもいいんだよ。それが、君の世界の本当の色を教えてくれるはず」


ふり返りもせず、ナイトは教室から出ていってしまった。

片目を閉じてみた。碧人への恋に似ていると思った。

幼なじみのフリをして、碧人のウソに合わせて、だけど苦しくって……。

あきらめようとすること自体、ナイトは反対していなかった。

「記憶……」

なにか私が忘れているってこと？　本当の色ってなんのこと？

今度は両目を閉じてみた。まぶたの裏にまだ青い光がちらついている。

静かな夢の終わりを、私は受け入れた。

＊＊＊

ドアをノックする音に、目を開けた。

薄暗い天井に、カーテンの隙間から差しこむ光が泳いでいる。

「起きてる？」

「あ、うん」

答えるのと同時にドアが開き、お母さんが部屋に入ってきた。

「頭痛いのどう？」

「もう大丈夫。ナイトが治してくれたから」

「ナイト？」

きょとんとするお母さんに、やっと目が覚めた。

「なんでもない。今、何時？」

ベッドから起きあがると、ミネラルウォーターのペットボトルを差し出された。

「まだ午前中。終業式が終わったころじゃないかしら」

「そう……」

「念のため、病院に行こうか？」

心配そうに眉をハの字に下げるお母さんに、「大丈夫」と答えた。

「仕事に行っていいよ。もう平気だから」

「本当に？」

「うん」

「小野田さんとの契約があるんだけど、そのあと資料を持っていく約束をしているお客さんが何人かいるの。なにかあったらいつでも電話してね」

立ちあがろうとするお母さんに「ねえ」と声をかけた。

「美代子さんって、昔、娘さんを亡くしてるの？」

「……え？」

「佳代さんという名前で、修学旅行先の奈良県で事故に遭ったとか……」

お母さんが一瞬顔をこわばらせるのがわかった。でも、次の瞬間には「ええ」とうなずいた。

「すごく昔の話よ。いちばん下の娘さんが事故に遭ってね。当時は大変だったのよ」

やっぱりあの日会ったのは、本当の佳代さんだったんだ。

「誰に聞いたか知らないけれど、その話はあまりしないでね」

釘を刺すお母さんに、ふわりと疑問が浮かびあがった。

「しないよ。碧人もしないと思う」

お母さんはなかなか部屋から出ていってくれない。迷うように、なにか考えるように視線を巡らせている。

「あの、ね……実月」

「うん」

「最近の実月はすごく元気そう。友だちも増えたみたいで、お母さんすごくうれしいのよ」

葉菜や瞳と仲良くなったことは、夕食のときなどに話している。今度、梨央奈を含めた四人が遊びに来ることも伝えてある。

気になるのは、うれしいはずなのにお母さんの表情がすぐれないことだ。

あ、そうか……。

「お母さんはさみしいよね。碧人の家族、引っ越しちゃったもんね」

「え……実月、そのこと知ってたの？」

今さらなにを、と思わず苦笑してしまう。

「碧人から聞いて知ってるよ。碧人も二学期からは奈良に引っ越すんだって」

「碧人くんも奈良に？」

「こないだ言われた。ずっと一緒だったのに、もう――会えなくなるんだよね」

幼なじみに戻る決心をしたのに、やっぱり悲しいよ。

もう学校で会うこともなくなる。話をすることもなくなってしまう。だけど、現実を変えることはできない。碧人をきちんと見送るためにも、決心を揺らがせてはいけない。

ふいにお母さんが私の手をギュッと握るから驚いてしまう。

「さみしいわよね？　でも、人と人はいつか別れるものだと思う。実月にはお母さんがついてるからね」

「急にどうしたの？」

お母さんはパッと手を離すと、慌てて部屋から出ていこうとする。

「なんでもないの。ほら、碧人くんのお母さんに会えなくなったから、さみしくって」

「お母さんたち、仲が良かったもんね」

口ではそう言ってみたものの、この一年、お母さんから碧人のおばさんの話題が出ることはなかった。

私が知らないところで話をしていたのかな……。

疑問を残したままお母さんは仕事に出かけていった。

そういえば、夢のなかでナイトはヘンなことを言ってたっけ……。私が、片目をつむって生きているとか、この世界が残酷だとか。

ただの夢なのに、心になにか引っかかっている。

スマホを見ると、梨央奈から心配しているという内容のメッセージが数件届いていた。

「誰かを頼れ、って言ってたよね……」

梨央奈に返信してから制服に着替えた。

カーテンを開けると、遠くの空に驚くほど大きな真昼の月がその姿を主張していた。月が私を呼んでいる。私の役割をまっとうしろ、と告げている。

図書館への道を早足で歩く。

梨央奈に『これから旧校舎に行ってみる』とメッセージを打ったところ、終業式が終わったらしく、すぐに電話がかかってきた。

体調を心配する言葉のあと、なぜか梨央奈は『その前に図書館に集合』と言ってきた。

梅雨明けの街はすっかり夏の色をしている。熱い風が髪を揺らし、斜め上に真昼の月が夢で見たのと同じくらいの大きさで薄青色に光っている。

あの夏、碧人とふたりでここに来て『青い月の伝説』の絵本を見つけた。その瞬間走りだした恋は、結局碧人に追いつくことなく足を止めようとしている。

もうすぐ碧人は奈良へ行ってしまう。

なんてさみしい夏のはじまりなのだろう。セミの鳴く声まで悲しく聞こえる。

「お待たせ」

なぜか梨央奈が図書館のなかから出てきた。うしろには瞳と葉菜までいる。

「今日は休んでごめんね」

「ぜんぜん。図書館まで来てくれて悪いね」

梨央奈の笑顔がぎこちなく見えるのは気のせい？

「図書館に来るなんて珍しいね。夏休みの課題を調べに来たとか？」

「そういうわけじゃないけど……ちょっとね」

ごにょごにょと言うと、梨央奈は学校へ向かう道を歩きだす。瞳が私の隣に並んだ。

「体調はもういいのですか？」

心配してくれる瞳に、小さくうなずいた。

「ずいぶんラクになったよ。それに、青い月が出てるから」

見たこともないほどの大きさの月に、上空が支配されている。

「すごいですよね」

「こんなに大きな月、初めて見るね」

今にも空から落ちてきそうなほどだ。

「あの、実月……」

「ん？」

「いえ、なんでもないです」

早足で梨央奈のもとへ向かう瞳。梨央奈だけじゃなく、瞳の態度もぎこちない。どんどん違和感が大きくなっていく。

足のスピードを緩め、葉菜の隣に並んだ。

「葉菜も来てくれたんだね」

「あ、うん」

「三井くんはもう帰ったの？」

葉菜は小さく首を縦にふった。

「今日だけは友だちといたいから。実月のことを応援したいから」

碧人のことをあきらめる、という話をしたとき、葉菜はいなかったはず。おそらく、梨央奈から聞いたのだろう。

それから学校につくまでの間、私たちはほとんど会話らしい会話をしなかった。

みんなに遅れて教室に入ると、なぜか教壇に芳賀先生が立っていた。

「お帰り。空野さんは、おはよう」

「あ、どうも……」

さすがに病欠しているのに時間外に登校するのはマズかったのかも……。

気おくれする私にかまわず、梨央奈たちは教壇の近くの席に腰をおろした。私は梨央奈のうしろの席に座る。

「じゃあ」と芳賀先生が私たちを見回した。

「全員集合ってことではじめましょう」

「はじめる、ってなにを……ですか？」

芳賀先生は目が合うと同時に、やさしくほほ笑んでくれた。

「『青い月の伝説』についての授業よ。これから最後の使者になるんだよね？　その前に、いろいろ整理しておきたくて借りに行ってもらったの」

梨央奈が芳賀先生に渡したのは、『青い月の伝説』の絵本。図書館に行ったのはこの本を借りるためだったんだ。

「なにを整理するんですか？」

また頭がキリキリと痛みだしている。謎の授業を阻止するように。聞いてはいけないと忠告しているように。

「実月」と、梨央奈が椅子ごとうしろを向いた。

「前に言ってたじゃん。碧人さんのことをあきらめる、って。それって本気で思ってるんだよね？」

こんなに真剣な顔は見たことがなかった。ほかのメンバーも私の口元を注視しているのがわかる。

芳賀先生の前でこういう話をしたくないのにな……。そう思うのと同時に勝手に口が開いていた。

「正直に言うと、まだ迷ってる。あきらめる、って決めても、その場で終わりにはできないから。そんな簡単な気持ちじゃないから」

芳賀先生が、チョークを手にし、黒板に文字を書きはじめた。

最初の数文字でなにを書こうとしているのかがわかった。

『黒猫がふたりを使者のもとへと導く。青い光のなかで手を握り合えば、永遠のしあわせがふたりに訪れる』

あの伝説に書いてあった文章だ。

芳賀先生は粉のついた手をはたいてから、教壇に両手を置いた。

「不思議な話よね。今でも小野田さんに会えたなんて夢での出来事みたい」

――『この世で起きることはぜんぶ夢さ』

ナイトの言葉がざらりと耳に届く。同時に、胸がキュっと痛くなった。

「でも」と、芳賀先生が声のトーンをあげた。

「私はたしかに小野田さんに会った。みんなも証明してくれるはず」

芳賀先生にみんながうなずいた。あれは現実のことだった。たしかに、私たちは佳代さんに会った……はず。

「先生ね、そのときに思ったの。ああ、これまでは小野田さんが亡くなったという事実を、夢だったことにしていたんだろうな、って。小野田さんの家で遺影に手を合わせても、お墓参りに行っても、心のどこかで亡くなったことを認めていなかったのよ」

「わかります」と、葉菜が静かに言った。

「私も姉の死を受け入れられなかった。なかったことにしたいのに、でもやっぱり現実は続いていて、だから……生きていたくなかった」

葉菜はずっと『死にたがり』だった。葵さんに会えたからこそ、『生きたがり』に変わったんだよね……。

「あたしはそういう人がいないからわからないけど、好きな人に会いたい気持ちはわかるよ」

梨央奈がそう言ってから、なぜか私を見た。その瞳はうるんでいて、また心臓がズキンと跳ねた。頭痛もこらえきれないくらいひどくなっている。

違和感がこの教室に満ちている。

なぜそんな目で私を見るの？　どうしてここに集まったの？

ふと、ゆうべのナイトが言った言葉が頭に浮かんだ。

――『人間は片目をつむって生きてるんだ』

――『君はもっと現実世界を見る必要がある』

――『この世界の残酷さを知っても、君にはもうそれに耐えうる力があるはずだから』

ひょっとして……と思うのと同時に、体が揺れるほどの頭痛に襲われ悲鳴をあげてしまった。

梨央奈が椅子ごと隣の席に移動し、私の肩を抱き寄せた。

「こんな話をしてごめん。でも、みんな、実月に助けられたんだよ。あたしだってそう、たくさんの友だちがいることを教えてもらった」

鼻声の梨央奈。瞳も葉菜も顔をゆがませている。芳賀先生は、じっと私の顔を観察している。

「……私も」

カラカラの声がこぼれた。

「ひょっとして……私も、なにかを夢だったことにしているの？」

思い出そうとしても、頭痛はどんどん激しくなっている。

だけど、だけど――みんながそうしたように私も自分の記憶と向き合いたい。

ギュッと目を閉じると、この数カ月間の出来事が脳裏に流れた。

交わす会話のなかに違和感がなかったといえばウソになる。引っかかることがあっても、見ないフリをしてきた。

閉じていた心の目を開けよう。

私が見ようとしなかった現実をしっかりと見つめたい。

頭のなかにふわりと映像が浮かぶのと同時に立ちあがっていた。

「ウソ……」

その映像は消えることなく、次の場面を映し出す。

「え、ウソでしょう。なにこれ……」

ぐらんと床が揺れた気がした。違う、自分の体から力が抜けているんだ。

足を踏ん張って耐えた。けれど、私が見ようとしてこなかった現実は、ダムが決壊したように次々に押し寄せてくる。

「実月！」

梨央奈が私の手をつかんだ。

「梨央奈……瞳、葉菜」

その名をうわごとのように呼ぶ。みんなは知っていたんだ。私が見てこなかった世界をとっくに知ってたんだ。

「思い出した？」

芳賀先生の言葉にうなずきながら、指先がおもしろいくらい震えていることに気づいた。手のひらがいつの間にか、窓からの青い光でキラキラ輝いている。

「私……行かなくちゃ」

「一緒に行きます」「私も」

やさしい瞳と葉菜に首を横にふった。

「大丈夫。ひとりで行く。ちゃんと向き合わなくちゃ」

「そうだね」

梨央奈が静かに言った。

「あたしたち、ここで待ってるよ。だから、行っておいで」

梨央奈がトンと背中を押してくれた。中腰だったふたりもゆっくり席につく。

芳賀先生はなにも言わず、力強くうなずいてくれた。

教室を飛び出すと、窓の向こうに落ちそうなほど大きな満月が青く光っていた。

旧校舎に飛びこみ、四階まで一気に駆けあがった。

全速力で走ってきたせいで、頭痛はさらにひどくなっている。呼吸のたびに頭がしめつけられ、めまいのような症状も起きている。

歯を喰《く》いしばってゆっくり廊下を進むと、教室の前にナイトがいた。

「ナイト……」

荒い息を整えながら、その名を呼んだ。なにもかもを見透かした顔のナイト。

「思い出した。ぜんぶ、思い出したよ」

「にゃお」

ナイトについて教室に入ると、窓側に碧人が立っていた。

窓に背中を預け腕を組む碧人に、青い光がスポットライトのように当たっている。

「碧人」

「実月」

お互いの名前を呼び合い、そして沈黙。教壇に飛び乗ったナイトが、その場で体を丸くした。

碧人に近づくと、彼はバツの悪い顔になった。昔からそうだった。ウソがバレたときや、ケンカになったときはこういう表情をしていたね。

「わかったよ。碧人、ぜんぶわかった」

「……なにを？」

「ずっと不思議だった。この一年……碧人が部活でケガをしてから、小さな違和感ばかり覚えていたから」

「違和感って？」

碧人はもう目を伏せてしまっている。

「去年の二学期に『あまり話しかけないで』って言ったよね？　急に暑がりになって、ジャージじゃなく夏服しか着なくなった。スマホも解約したって言われた」

「ああ、たしかに」

「帰り道やマンションでは話してくれたけど、引っ越しとか転校とか、段階をつけて私から離れようとしていた。でも、ぜんぶウソだよね？」

もう碧人は、口をギュッと結んで微動だにしない。

「梨央奈は何度も会ったはずの碧人のことを忘れていたし、葉菜は『つき合ってたの？』って過去形で聞いてきた」

それだけじゃない。お母さんも前までは碧人の話を出すたびに、違う話題に変えてきた。あんなに仲がよかった碧人のおばさんの話もしなくなった。

「みんなも碧人の話を避けていた。まるでいない人のように……」

「小早川さんとは普通に話をしているけど？」

「瞳は霊感が強いから。きっと、どこかのタイミングで碧人が私にバレないようにお願いしたんじゃないかな。『普通に接してほしい』って」

碧人が顔をあげた。その瞳までもが、青く染まっている。

「本当にぜんぶ思い出したのなら、言ってみて。ぜんぶの答えを」

「碧人は……」

こみあげてくる涙をこらえて、私は言う。

「碧人は……去年の夏、事故で亡くなった。そして、幽霊になってしまったんだよね？」

景色が波のように揺れてももう迷わない。

心の目を開いて過去を見つめると、あの悲しい夏が音もなくよみがえった。

＊＊＊

八月二日、晴れ。

うだるような暑さのなか、梨央奈と並んで歩いている。頭上から照りつける太陽に、梨央奈はさっきから不満ばっかり言っている。

「なんでこんな真夏にテニスの試合があるわけ？　これじゃあメイクが崩れちゃう」

「会場は屋内だから涼しいと思うよ」

「にしても遠過ぎ。選手はいいよね。学校のバスで会場入りできるんだから」

三つ離れた駅にある県営の競技場はアクセスが悪い。市営のバスを降りてからもう十分は歩いている。遠くに見える建物がちっとも近づかない。

「でも碧人、一年生なのにすごいよね。今日の試合にぜんぶ勝てば、県の代表になるんだって」

「そりゃすごいけどさ、あたしまだほとんどしゃべったことないし」

「これを機会に仲良くなるといいよ」

「これを機会に、ねぇ」

梨央奈が急にニヤニヤしだした。

「前から思ってたんだけど、実月って碧人さんと幼なじみの関係だけじゃないでしょ？　本当は好きだって認めちゃいなよ」

こういう質問には慣れっこだ。

「碧人はただの幼なじみ。それ以上でもそれ以下でもないから。つき合ったりしたらいつか終わりが来るでしょ？　友情のほうが長く続くんだから」

まるで自分に言い聞かせているみたい。

「それってさ、長く続くのならば恋人同士のほうがいい、ってふうにも聞こえるけど？」

「違うって。そうじゃなくて――」

反論を途中で止めたのは、うしろからすごい勢いで救急車が音をかき鳴らして追い抜いていったから。一台だけじゃない。遅れて二台の救急車とパトカーまで。

なにか事故でもあったのかな。そう尋ねたいのに、なぜか言葉が出てこなかった。

足元から悪い予感が這いあがってくる気がして、歩幅を大きくする。

「待ってよ。あたし、走れないって」

梨央奈の文句もかまわず、競技場へ急ぐ。

会場の建物の前にある大きな交差点。さっきの救急車やパトカーが停まっている向こう側に、街路樹をなぎ倒して停車しているトラックが見えた。

その手前、横向きに倒れているバスが見えた。

あれは……うちの高校のバスだ！

悲鳴が聞こえる。救助されているのは、碧人と同じテニス部の男子生徒だった。

「え……ウソ」

目の前に立ち入り禁止のロープが設置された。

「入らないでください。下がってください！」

警察官の声が頭を素通りしていく。割れたガラスや、バスの部品が散らばっている。

事故だ……。バスが事故に遭ったんだ。

「碧人……」

その名前をつぶやき、ロープをくぐってなかへ。

バスから出ている黒煙にむせながら、碧人を探した。

そんなはずはない。こんなこと、起きるはずがない……！

誰かが私の肩をつかんできたけれど、無理やり引きはがした。

「碧人……碧人っ！」

バスが青いシートに覆われていく。隙間から、担架《たんか》に乗せられる人が見えた。シーツのようなものに覆われていて誰かわからない。

と、シーツから覗いている左の足首に、あの色が見えた。

赤色と青色と黄色の丸い輪っか。勝負に勝てるように、と願いをこめて作ったあのミサンガが——。

「心拍反応なし！」

救急車に乗りこむのと同時に、救急隊員のひとりが碧人に馬乗りになるのが見えた。人工呼吸をする姿を呆然と見ているうちに、ドアが閉められる。

梨央奈が駆けつけてくれたとき、私はその場所に座りこんでいた。

そこから先は、なにも覚えていない。


八月十日、曇り。

碧人のいない世界にひとり。

おばさんは泣きはらした顔で、さっき部屋までお礼を言いに来てくれた。

私は……なんて答えたのだろう。覚えていない、なにも覚えていない。

葬儀に参列できず、初七日《しょなのか》法要《ほうよう》にも顔を出せなかった。おばさんが涙ながらにお母さんと話す横で、私は夢を見ているような気分だった。

目を閉じれば碧人がまだいて、目を開けるといない。こっちが夢で、あっちが現実だと思った。

碧人はケガをしただけ。だってそうでしょう？

ほかの部員は無事だったんだから。

ねえ、そうでしょう？


今日が何日かわからない。

夏休みがもうすぐ終わることだけはわかっている。

みんな私にやさしい言葉をかけてくれる。今日は芳賀先生が家に来てくれた。

そんなことしなくてもいいのに。

二学期になれば、碧人は「よう」ってなにも変わらずに声をかけてくれるはずだから。


九月一日、晴れ。

やっぱり碧人が事故に遭ったのは夢だった。

学校につきスポーツ科に行くと、碧人が普通に座っていた。

夢でよかった……。

思わず抱き着きたくなる気持ちをこらえた。

碧人は話しかける私に冷たかった。


九月八日、雨。

『学校では話しかけないで』と言われてしまった。

だけど、平気だよ。碧人が無事でいてくれただけでいいの。

碧人がこの世にいてくれれば、私は生きていけるから。

＊＊＊

まるで海のなかにいるみたい。

教室ごと深海に沈んだなか、取り残されたふたりぼっち。

あの事故は夢だと思って生きてきた。目の前にいる碧人は、現実に耐えられなかった私が見ていた幻だったの？

「ごめん」と、碧人が言った。

「実月の言うとおりだよ。俺はあの事故で死んでしまって、幽霊になったんだ」

「碧人……」

彼のうしろにある満月はあまりにも大きい。ゆっくり碧人が私に近づき、やっとその表情が見られた。

小さなころからいつも一緒にいたよね。恋を知ったあの日から、世界は碧人を中心に回り、それがもっと大きなよろこびを教えてくれた。

「幽霊になってすぐのころは、この教室から一歩も出られなかった。でも、死んで一週間が過ぎたくらいのころに、急に自由に動けるようになったんだ」

やさしく目を細める碧人。こんなにリアルなのに、碧人はもうこの世にいない。

そう考えると、さらに頭がしめつけられるように痛んだ。

「ひょっとして『青い月の伝説』を知っていた人の特典なのかも、って思ったけど違った。青い月が出てなくても好きな場所に行けたし」

学校帰りにいろんな話をしたよね。マンションのロビーでも。ぜんぶ、覚えているよ。私の思い出には碧人がいつもいた。だから、生きてこられたの。

だからこそ、幽霊になってしまったなんて信じたくないよ。

「幽霊は自分の強い願いや思いだけじゃ存在できない。実月が俺の死を受け入れなかったから、存在できたんだ。でも、俺の姿は実月や、霊感の強い人にしか見えない」

「うん」

「だから『話しかけないで』って言ってしまった。実月がおかしな人に思われたくなくてさ……」

「うん」

涙が視界をにじませていく。青い光がイルミネーションのようにキラキラ輝いている。

「実月は俺の死をなかったことにした。誰かが現実を諭そうとすると、パニックになり泣き叫んだ。だから……周りの人が実月の世界を壊さないようにしてくれたんだ」

ああ、そうだったんだ……。

夏休みの間、私は碧人が生きていると思いこんだ。

いろんな人が慰めてくれた記憶がかすかに残っている。そのたびに部屋に閉じこもったことも思い出した。

最初のうちは真実を告げようと努力した人たちも、碧人のことに触れないルールを作ることで見守ってくれていたんだ……。

「誰からも俺の姿は見えないのに、実月には普通に見えていた。俺に教室で話しかけてきたときはアセった。周りのヤツら、ギョッとしてたから」

「ああ……だから、あんなこと言ったんだね」

「そして青い月が出た。思い残しを解消して消えるんだな、と覚悟したよ。でも、なぜか実月は使者になった。だから、実月が連れてくる人間とは会わないようにしてた。彼らから俺の姿は見えないから」

「……でも、小早川さんは？」

「小早川さんだけは俺の姿が見えていたから、あとでこっそりお願いをしたんだ。最初に見たときは震えてただろ？」

いろんなことが解決していく。すとんと胸に落ちる真実は、まるで碧人とのラストシーンみたい。

私たちの物語は終わりに向かって進んでいる。悲しくても前向きな完結に向けて一歩ずつ。

だけど、だけど……！

「私はこのままがいい。碧人といられるなら、なんでもやる。だから、どこにも行かないで」

碧人は「うん」とうなずいてくれた。

「いつまでも実月のそばにいようと思った。現実が受け入れられるまで、心配で仕方なかった」

「うん、うん……」

こらえていた涙がついに頬にこぼれた。

「でも、実月は変わった。幽霊の思い残しを解消していくうちに、強くなったんだよ」

「そんなことない。ダメなの。碧人がいないと、ダメ……」

嗚咽を漏らす私の肩を碧人がつかんだ。強い力を感じるのに、現実には存在していないなんて、やっぱり信じたくないよ。

「実月が成長していくたびに、俺の力は弱まっていった。今ではこの教室から出られなくなった」

「じゃあもう使者になんてならない。碧人のそばにいられるなら、ほかにはなんにもいらない」

「バカ」

そう言うと、碧人は肩に置いた手を背中に回し抱きしめてくれた。碧人のにおいに、涙がもっと止まらなくなる。

「実月はもう大丈夫。これからは、きちんとこの世界を生きていってほしい」

碧人のいない世界になんの意味があるのだろう。『青い月の伝説』は、永遠のしあわせをもたらしてくれるんじゃなかったの？

胸に顔をうずめたまま、何度も首を横にふった。

「そばにいたい。ひとりじゃなんにもできないよ……」

「ひとりじゃない。実月の世界を守ってくれた人がたくさんいるだろ？　みんな実月がいつか乗り越えられるように連絡を取り合ってくれていた。その人たちを安心させてあげないと」

「でも……！」

顔をあげると、碧人の瞳から月色の涙がひとつ落ちた。

「俺だって悲しい。でも、これが俺たちのためなんだよ」

「碧人は、幽霊でいることが苦しいの？」

そう尋ねた私に、

「そうそう」

と、碧人は答えた。

「ウソついてる。幽霊でいるのは大丈夫ってこと？」

しまった、という顔で碧人は私の体からパッと離れ、手の甲で涙を拭う。

「心が穏やかなんだ。だから幽霊でいることはできる。でも、もうすぐこの校舎は取り壊されてしまう。そうなったら、俺は消えることになる」

「ほかの場所に移動するんじゃないの？　どこでも行くよ。会えるんなら、私、どこでも行くから……」

だけど、碧人はスッと目を逸らしてしまった。

「これから先、また新しい場所に幽霊たちは集まるだろう。でも、この校舎に居ついた幽霊は、建物がなくなったら消えてしまうんだ。実際、商店街にいた霊たちは建物と一緒に消えていったから」

「そんな……」

どうしよう。どうしたらいいのかわからない。

ふと、教室に満ちていた光が弱まっていることに気づいた。

「今回、実月は使者だけじゃなく、あの伝説の主人公になった。ほかに幽霊はいないだろう？」

「あ……」

「俺の願いはたったひとつ。実月に、俺のいない世界を生きてほしいってこと」

私の願いも同じ。碧人に生きていてほしい。一緒に同じ時間を過ごしたい。

碧人がポケットからなにかを取り出し、私に握らせた。

それは――碧人にあげたミサンガだった。

「ついに切れたんだよ。つまり、俺の願いは叶うってことだろ？」

「碧人……」

嫌だよ、碧人のいない世界を生きていくなんてできない。

碧人の体を縁取る輪郭がぼやけだしている。もう、時間がないんだ……。

「幽霊になった人と関わるなかで、強くなれた気はしてる。だけど……」

「『だけど』は禁止」

「でも……」

「それも禁止」

ニッと笑う碧人に、思わず唇を尖らせてから少し笑った。

ああ、そうだった。私たちはいつもこんな感じだったよね。

「ほら」碧人が両手を差し出した。

「伝説では手をつなぐことになってるだろ？」

永遠のしあわせ……。私たちはもうすぐ離れてしまう。

もっと早く伝えるべきだった言葉を、今こそ伝えよう。そう自然に思えた。

「碧人、あなたのことが好きでした」

「え？」

戸惑う碧人の手を自分から握る。

「ずっと碧人のことが好きだった。関係を壊すのが怖くて言えなかったけれど、やっぱりちゃんと伝えたかった」

こんな状況で言われても困るのはわかるけれど、これまでたくさんの幽霊に会ってわかった。思い残しを手放していくことが、毎日のなかで必要だということを。

眉間にシワを寄せた碧人。私を握る手の力が弱くなっている。

どんな答えでもいい、と思った。それは、告白をした瞬間、あんなにあった頭痛がウソのように消えていたから。

自分をだまして生きていたから、体が悲鳴をあげたのかもしれない。

「あーあ」

急に碧人が天井に顔を向けて嘆いた。

「俺のほうが先に言うつもりだったのに」

「え?」

「最後に告白してから消えるつもりだった。まさか、先に言われるなんて」

「そうだった……の?」

思わぬ展開に唖然《あぜん》としてしまう。

握られた手に、再び力がこめられた。

「ふたりで青い月を見た日から、実月を意識した。ううん、きっと前から好きだった。ずっとあった感情が、月の光に照らされたような感じがした。死んで最初に思ったのは、『実月に伝えるべきだった』ってこと。こういうのを、思い残しって言うんだろうな」

そうだったんだ……。うれしさに胸が熱くなったかと思った次の瞬間、さっきよりも熱い涙が頬を伝っていた。

碧人の姿がどんどん薄くなっていく。思い残しを解消できた今、彼は旅立とうとしている。

笑って見送らなくちゃ。碧人と私のために、青い月が用意してくれたラストシーンを演じなくちゃ……。

だけど――。

「納得できない」

はっきりそう言うと、碧人がびっくりしたように目を大きく開いた。

「だってそうでしょう？『永遠のしあわせがふたりに訪れる』という伝説がこのことなの？　やっと想いを伝え合えたのにさよならするなんて、そんなの永遠じゃない」

「実月？」

話しているうちにモヤモヤが大きくなっていくのがわかる。

「碧人との思い出なんていらない。私は、碧人がこの世界からいなくなることが悲しいの。同じ気持ちだとわかったなら、なおさらそうだよ」

困ったように碧人はうつむいてしまう。

本当はわかっている。伝えられなかったのは私たちの強さであり弱さだということを。そっくりな私たちに、青い月がくれた最後の勇気だったということも。

「ナイト、最後のお願いを聞いてくれる？」

うずくまっていたナイトが耳だけをこっちに向けた。

「ちゃんとお別れするって約束するから。今日で最後にはしないで」

意外な提案だったのだろう、ナイトはひょいと顔をあげた。呆れた顔に見えるのは気のせいじゃない。

「この校舎が取り壊される日まで、碧人に会いたい。恋人として過ごせる時間がほしいの」

ナイトはなにも答えない。

「俺からもお願いするよ。旧校舎の工事がはじまったらちゃんと消える。それまでは実月のそばにいさせてほしい」

穏やかな顔で碧人はほほ笑んでくれた。

「……にゃん」

低い声でナイトが答えた。渋々納得してくれたことが伝わり、ふたりで思わず笑った。

明日からの夏休み。毎日ここに来よう。本当のさよならを伝える日に備えよう。

私なりにきちんと受け入れられるように強くなるから。

月が銀色の光に戻った。あんなに大きかった月は、はるか彼方で小さな円になっている。

碧人の手を強く握りしめれば、遠くからチャイムの音が聞こえてくる。

それはまるで、祝福の鐘のように耳に届いた。

エピローグ

真夏の空に、レモン型の月が見える。

青色の空に負け、今にも消えてしまいそうなほど薄い光をにじませている。

夏休み中でも、登校するときは制服を着なくてはならない。

「これじゃあ、帰りにどこにも寄れないじゃん」

旧校舎と新校舎の間にあるベンチに座る梨央奈は、さっきから不満を並べている。

「そう言いながら、前はファミレスに行きましたよね？」

横に座る瞳が葉菜に同意を求めた。

「プリも撮りにいったし、カラオケにも行ったよね」

ニコニコと答える葉菜は最近髪を切った。肩までの髪が、通り抜ける風に泳いでいる。

「クーポンの期限が近かったからしょうがないじゃん。それに、新しい実月ともっと遊びたかったんだもん」

「実月は前からずっと実月ですけど？」

瞳のツッコミに、梨央奈はぶうと頬をふくらませた。

「たしかにそうだけどさー」

三人の前に立つ私に、視線が向けられた。どの顔も穏やかで、これまで見たことのないスッキリした笑みを浮かべている。私にとっても、新しい梨央奈であり新しい瞳、新しい葉菜だ。

碧人に想いを伝えたあの日から、世界は輝いている。晴れた日だけじゃなく、曇りや雨の日、夜に包まれた風景ですら宝物のようにキラキラと輝いている。

碧人が、友だちが、そして幽霊たちが教えてくれたことなんだね。

「たくさん迷惑をかけてごめんね」

「それはもういいって。ちっとも迷惑じゃ……いや、少しは大変だったけどさ」

肩をすくめる梨央奈に、瞳が口元に笑みを浮かべた。

「私は霊感があることに感謝しました。実月の見えている世界を共有できたから」

「私も」とやさしく葉菜も笑う。

「実月がいなかったら、今の毎日はなかった。だから、本当にありがとう」

首を横にふってから旧校舎に目を向ける。

「同じだよ。私だってみんながいなかったら、現実に向き合えないままだったと思う」

去年、碧人が亡くなったあとのことをみんなは話してくれた。お母さんなんて、泣き過ぎて話がちっとも進まなかった。

それくらい、たくさんの人に迷惑をかけてきたんだな、と思う。

「で、碧人さんにはいつ会わせてくれるわけ？」

梨央奈は立ちあがると、あたりをキョロキョロ見回した。幽霊が苦手な梨央奈が、急に集合をかけたのだ。

ファストフード店で会うつもりだったらしいが、碧人は旧校舎からは出られない。渋々、ここで待ち合わせをした。

「前の教室にいるよ。でも、梨央奈、幽霊に会っても平気なの？」

「平気じゃない」

「じゃあ、中止にする？」

「それはダメ」

梨央奈が旧校舎に向かって歩きだしたので、みんなであとを追った。

あれから毎日、旧校舎に通っている。夏休みの課題を解いたり、碧人と屋上で寝転んだり。かけがえのない時間が愛おしくて、前以上に碧人のことが好きになっている。

そのうち工事がはじまってしまう。別れの準備をするつもりが、どんどん離れがたくなってしまっているようだ。

「うわ、黒猫だ！」

ナイトがいつものように出迎えてくれた。

梨央奈のダッシュに驚いたのだろう、ナイトはするりと旧校舎のなかに消えてしまった。梨央奈はそのまま追いかけていった。

「それにしても、もう八月なのにね」

廊下を歩きながら葉菜がつぶやいた。

「夏休み前はけっこう工事の人を見かけましたが、どこにも見当たりませんね」

瞳が私に問いかけた。七月末を最後に、この数日間、工事関係と思われる人の姿を見ていない。

教室の前にナイトがいた。梨央奈をギロッとけん制するようににらんでから、教室に入っていく。

碧人は、いつものように窓の前に立っていた。

夏服の白が、青い風景によく似合う。うれしそうにほほ笑んだ碧人が、遅れて教室に足を踏み入れる三人を見て、困ったように顔をしかめた。

「お久しぶりです」

律儀に頭を下げる瞳に、碧人は「どうも」と軽く頭を下げた。

「へ？　どこ？　碧人さん、どこにいるの？」

「私も見えないです」

梨央奈と葉菜に、瞳が碧人のいる場所をおずおずと指さした。

「いることはたしかなんだね。じゃあ、いいや」

そう言うと、梨央奈は教室の中央に足を進めてゴホンと咳払いをした。

「今日はみんなに話があって集まってもらいました」

改まった口調の梨央奈に、思わず碧人と目を合わせた。

「うちのパパの話なんだけどね。とにかくあたしを溺愛してるわけ。あたしが頼めばなんでも買ってくれるくらいにベタぼれしてるの」

話の意図がわからず戸惑ってしまう。瞳と葉菜もどんな話か聞いてないのだろう、双子のように同じ角度で首をかしげている。

梨央奈が「実月」と私を呼んだ。

「碧人さんとのお別れは、この校舎が取り壊される日なんでしょう？　もう、覚悟はできてるの？」

さっきまでの冗談交じりではなく、真剣な顔で私を見つめている。

「……まだ。でも、しなくちゃいけないと思ってる」

「碧人さんは？」

「そっちじゃないです」

瞳が改めて窓辺を指さし、梨央奈は体の向きを変えた。しばらく考えるようにうつむいた碧人が、「俺も」と言った。

「もう少し実月のそばにいたいと思ってる。でも、その日が来たらちゃんと受け入れるつもり」

碧人が悲しい瞳で私を見つめた。同じ気持ちでいることがうれしくて、だけどやっぱり悲しくて。

「なんて言ったの？」

と尋ねる梨央奈に、瞳は碧人が言ったままの言葉を伝えている。

聞き終わると梨央奈は、なぜかうれしそうに笑みを浮かべた。

「ところで最近、工事の人を見かけないって気づいてた？」

「あ、うん。さっき話してたところ」

私がそう言うと、瞳と葉菜がうなずいた。

「倒産したんだって」

あっさりと言う梨央奈に、しんとした沈黙が訪れた。

え、とうさんって……倒産のこと？

「もっと驚いてよ」

不満げな梨央奈に思わず駆け寄っていた。

「どういうこと？　倒産って……」

「解体を依頼してた会社と連絡が取れなくなったんだって。学校の人が会社に行って

みたら、夜逃げ同然にいなくなってたみたい」

「どうしてそんなことがわかるんですか？」

瞳も信じられないように目を見開いている。

「ほら、うちって不動産やってるじゃん？　『裁判とかになるけど、戻ってこないだろうなあ』ってパパが言ってた」

「え、じゃあ……」

旧校舎が解体されない、ということは――。

「いや」と碧人が芽生えかけた希望を摘み取った。

「解体業者はほかにもあるだろうし、このままってことはないはず」

瞳がそのまま伝えると、

「そういうこと」

梨央奈が、右手の人差し指を立てた。

「でも、ここからが朗報なのです」

「ろうほう」と、葉菜がつぶやく。

「実はここの土地はうちが学校に貸してるんだよね。経営状況の悪い会社の唯一の財産ってやつ。計画では前より大きい第二グラウンドを作る予定だったけど、あたし的にはこれ以上、運動をさせられたくないわけ」

誰もが梨央奈に注目をしている。碧人も口をぽかんと開けたままだ。

「だからパパにお願いして、あたしたちが卒業するまでは第二グラウンドは作らないことにしてもらったの。もちろん、取り壊しは三年生の途中からされると思うけど、あと一年くらいは大丈夫じゃないかな」

ふふん、と自慢げにあごをあげる梨央奈。瞳と葉菜は無意識に手を握り合っている。

私は……もう泣く寸前だ。

「だけど」と梨央奈が碧人の横あたりをビシッと指さした。

「あくまでこれは予定だから。ふたりが納得したら、ちゃんとお別れをすること。自分たちで終わりの日を決めてほしいから」

「梨央奈……」

ツンと鼻が痛くなり、視界が海のなかにいるようにゆがみだす。まるで青い月の光に満たされているときみたい。

「これがあたしからのプレゼント。お礼はカラオケ代ね。先に行ってるから、あとで合流しなさいよ」

そう言うと、梨央奈は「ほら行くよ」と瞳と葉菜に声をかけた。

「七瀬さん、ありがとう」

碧人が背中に声をかけた。

「碧人が『ありがとう』って言ってる。私も、ありがとう」

右指を立てたまま、梨央奈は教室を出て行った。

まだ信じられない。明日にでも別れなくちゃいけないと思ってたから、体中の力が抜けてしまう。

「すごいプレゼントをもらった気分だ」

碧人が私の前に立ち、こぼれそうな涙を拭ってくれた。

「うん。うん……」

うなずきながら、思った。

「碧人は平気なの？　まだここにいても大丈夫なの？」

「もちろん。夏休みが続くことを、よろこばない人はいないだろ？」

「うん」

碧人が体をかがめ、そっとキスをしてくれた。唇に碧人の温度を感じるのが不思議。

照れたように碧人は窓の外へ目を向けた。

碧人とまだ一緒にいられるんだ……。そのことがうれしくてたまらない。

「青い月がくれたプレゼントみたいだね」

「そうかもな。実月はずいぶんがんばってたし」

碧人がポケットからなにかを取り出した。それは、私があげたミサンガだった。

私の左手に碧人がミサンガを結んでくれた。さっきのキスのときよりも、碧人を近くに感じる。

「俺の願いもこめるよ」

「うん」

「実月がしあわせになれますように。実月もミサンガに願ってみて」

碧人がやさしく目じりを下げた。同じように私も笑っているのだろう。

目を閉じて私は願う。

いつか来る碧人との別れの日、笑ってさよならを言えますように、と。

そういう自分になるためにも、毎日をきちんと生きられますように、と。

「ほら、見て」

碧人が窓の外を指さした。遠くに消えそうな真昼の月が顔を出している。

「『青い月の伝説』は本当にあった。だからこそ、いつか離れてしまっても、永遠のしあわせが訪れるようにしような」

「うん。私たちならできるはず」

碧人が私の手を握ってくれた。彼のやさしさが伝わってくる。

いつか月が世界から消える日が来ても、この気持ちを忘れないでいるよ。

遠くでチャイムの音が聞こえた気がした。

完

あとがき

このたびは、『青い月の下、君と二度目のさよならを』をお読みくださりありがとうございます。

皆さんには大切な人がいますか？

家族やペット、友だちだったり先生や近所の人だったり。実際に会える人ではなく、芸能人や亡くなった方も入れると、あなたにとって大切な人はたくさんいると思います。また、「大切じゃない」と思っていても、実はあなたの毎日をやわらかく照らしてくれる月のような存在の人もいるはず。

私にも大切な人がいますし、そのなかにはもう二度と会うことのできない人もいます。失って初めて、存在の大切さに気づくこともありました。

この作品が、あなたの大切な人を思い出すきっかけになれば、こんなにうれしいことはありません。

思い残しを手放していくことが、毎日のなかで必要だということを。

この作品で伝えたかったことは、本文のこの言葉に集約されています。

『同じ時間を生きている奇跡』を私たちは忘れがちです。大切な人がずっとそばにいると信じ、けれど、失うことから目を逸らします。

そのときに、ある日突然、目の前から消えてしまう。

「もっとこうしたかった」と思っても遅いのです。思い残しがないように、大切な人に「大切だ」と言えますように。

デビューして今年で十周年を迎えることができました。皆様の応援のおかげだと心から感謝しています。

これまでの作品をふり返ってみると、『生きること・死ぬこと』について描いている作品が多いことに改めて気づきました。

私にとって大切な人のひとりが、今、このあとがきを読んでいるあなたです。

あなたの人生はどんな物語なのでしょうか。いつか、会えたら、今度はあなたの物語を聞かせてください。

最後になりますが、この作品に関わってくださったすべての皆様に感謝しております。

二〇二四年九月　いぬじゅん

この物語はフィクションです。実在の人物、団体等とは一切関係がありません。

いぬじゅん先生へのファンレターのあて先
〒104-0031　東京都中央区京橋1-3-1　八重洲口大栄ビル7F
スターツ出版（株）書籍編集部 気付
いぬじゅん先生

青い月の下、君と二度目のさよならを

2024年9月28日　初版第１刷発行

著　者　いぬじゅん　©Inujun 2024

発 行 人　菊地修一
デザイン　カバー　長﨑綾（next door design）
　　　　　フォーマット　西村弘美
発 行 所　スターツ出版株式会社
　　　　　〒104-0031
　　　　　東京都中央区京橋1-3-1　八重洲口大栄ビル7F
　　　　　TEL　03-6202-0386　（出版マーケティンググループ）
　　　　　TEL　050-5538-5679（書店様向けご注文専用ダイヤル）
　　　　　URL　https://starts-pub.jp/
印 刷 所　大日本印刷株式会社

Printed in Japan

ISBN　978-4-8137-1640-2　C0193